Savior's BOOKCAFE Story in Another world
救世主として
喚ばれましたが、アラサー
には無理なので、ひっそり
ブックカフェ
始めました。

本文イラスト／桜田霊子

プロローグ

しんしんと森の中に降り積もる雪、それを窓越《ご》しに見つめながら今日はすぐに止《や》みそうだな、なんて思った。

外を見ていた視線を室内へ向け、アンティーク調に統一されたブックカフェの中を見回す。

重厚感《じゅうこう》のあるたくさんの木製の本棚《ほんだな》には隙間《すきま》など無いくらいに様々な本が並んでいる。

座り心地《ごこち》のいい椅子《いす》に美しいデザインのテーブル、そしてキッチンの前に作られたカウンター席や自分好みの調度品の並ぶ棚。

暖炉《だんろ》の火はオレンジ色に揺《ゆ》れて、薪《まき》のはじける音がパチパチと静かな店内に響《ひび》いている。

魔法《まほう》で守られた店内は外気を通さず、暖炉のおかげでとても暖かく快適だ。

壁際《かべぎわ》のキャビネットに歩み寄り魔法のかかった蓄音機《ちくおんき》を動かせば、ゆったりとした音楽が流れ始めた。

テーブルの上には籠《かご》に入った数種類の焼きたてのパンとトロトロに仕上げたオムレツが二人分、淹《い》れたてのコーヒーの香《かお》りが店内に広がっていく。

私の理想を詰《つ》め込んだブックカフェで過ごす穏《おだ》やかな朝の時間は、とても大好きで大切な時間だ。

私が強制的にこの世界に連れて来られてからそれなりに時間が経《た》ち、ずいぶんとこの世界に慣れてきたように思う。

少なくとも来たばかりの頃《ころ》の私では、空模様を見て雪の止む時間を予測するなんて出来なかった。

神様と名乗る球体に異世界で『救世主』になってくれと頼《たの》まれ、即答《そくとう》で断ったあの日がずいぶん昔に思える。

三十歳も過ぎて自身の身の丈《たけ》もきっちり把握《はあく》していた私にとっては、戦いなんて絶対に不可能な事だった。

救世主は私一人だけではなく、私よりもずっと若い、それも救世主という役割に対して積極的な人達が何人もこの世界に送られている。

この世界を平和にするために日夜努力し続ける人達が。

もしも私が救世主だと知られてしまえば、この国の人々は私にもそうなってほしいと期待するだろう。

怪我《けが》を覚悟《かくご》で魔物に対峙《たいじ》する度胸もない、そもそも虫を潰《つぶ》すのですら躊躇《ちゅうちょ》してしまう私には戦いなんて到底《とうてい》無理だ。

この世界の誰《だれ》にも私が救世主だと知られてはいけない、その為《ため》に救世主の証《あかし》である刻印も髪《かみ》の下という見えない場所にしてもらい、森の奥深くに建ててもらったこのブックカフェに引きこもる事にしたのに。

近くにある予定表を見て、自身の変化に思わず笑ってしまう。

カフェ、配達、道具作製……一人で引きこもっていた頃には持つ必要すらなかった私の予定表は、この世界の人達と関《かか》わる約束で埋《う》まっていた。

隣《となり》にはもう一つ別の予定表があり、そちらには騎士《きし》団本部、城、討伐《とうばつ》等、私のものではない予定が書きこまれている。

この家に暮らす二人分の予定表を同時に数枚捲《めく》ってみれば、数か月先の同じ日に大きめの赤い字で書きこんだ『結婚《けっこん》式』という文字があった。

「式まで、もう何か月かしかないんだなあ……」

何となくそう呟《つぶや》いて予定表を戻《もど》したと同時に、とん、とん、と一定のリズムで階段を下りてくる足音が聞こえ、自然と笑《え》みが浮《う》かんだ。

階段を見上げれば、肩口《かたぐち》までの黒髪を揺らしながら私の大切な人が下りてくる。

光の加減で青にも見える落ち着いた灰色の瞳《ひとみ》が、私を見て優《やさ》しく細められた。

「おはよう、ツキナ」

「おはよう、イル」

ソウェイル、という彼の本名をこの国――オセルで知らない人はいないだろう。

他国にまで名が知られるほど優秀《ゆうしゅう》なオセルの騎士団の団長である彼と、私はもうすぐ結婚式を挙げる。

イルに恋《こい》をした事で私は彼を、そして彼の愛するオセルを守るためにイルの前で救世主しか使えない大魔法を使ってしまった。

もうすべてがだめになったと思ったのに、彼は今も私が救世主だという事を口外しないでいてくれる。

恋愛《れんあい》に興味はない、誰かと恋をするくらいならその時間は大好きな本の世界に溺《おぼ》れていたい、この世界に来る前の私はそう考えていた。

けれど今の私は彼という恋人を得て、そしてそこから人間関係を広げ、あれだけ嫌《いや》だと思っていたこの国のために何か出来ないか考えている。

この人との出会いは私に本当に大きな変化をもたらしたと思う。

「ご飯出来てるよ、雪もイルが出る頃には止みそう」

「ありがとう、それなら今日は早めに帰れそうだな」

「この間の雪はすごかったもんね。アトラが動きにくそうにしてるのは初めて見たし」

アトラと名付けられたイルの愛馬は、窓の外に見える結界に守られた快適な馬小屋から顔をのぞかせている。

雪景色と同化してしまいそうな真っ白な毛並みが今日も美しい。

車なんてないこの世界では主要交通手段である馬は必須《ひっす》。

移動魔法があるとはいえ私もそろそろ自分専用の子を持った方がいいのでは、とイルと相談していたところだ。

最近ようやくアトラに一人で乗れるようになったが、それはアトラの頭が良い事に加えて気性《きしょう》が穏やかだからでもある。

なので結婚式が終わって落ち着いたら、私でも問題なく乗れそうな穏やかな子を探してみようという話にまとまった。

「早く帰って来られるなら、今日中に読み始められそうだね。これ」

「……それは、見つけてくれたのか」

私が取り出した本を見て、イルの表情が満面の笑みに変わる。

イルが最近知って読みたいと探していた本は今、私の手の中に収まっていた。

「帰ったら読むでしょう？」

「もちろんだ。ありがとう」

「イルが読み終わったら私も読もうかな、今読んでるシリーズ物がそろそろ読み終わりそうだし。でもイルが昨日まで読んでた方も気になるかも」

「あれは読んでいるとどんどん引き込まれるからな。休日になってからの方がいいかもしれないぞ」

「じゃあお店が休みの日にしようかな。それまではまた新しく買った方を読んで……」

本の虫二人の会話は朝食をとりながらも止《と》まる事なく続いていく。

本好きゆえに語り始めたらなかなか止まらない会話は、私にとってもイルにとっても幸せな時間だ。

イルがお城へ出勤する時間まで本の感想やら考察やらで盛り上がり、気が付くとかなりの時間が経ってしまっている事も多い。

そして朝食を終えた彼がお城へ行くのを見送るのも、私にとってはもう当たり前の習慣だ。

イルと一緒《いっしょ》に住み始めた頃は明日《あした》は何時に起きるのか、何を持っていくのか、なんていちいち前日に確認《かくにん》していたけれど、今は彼の仕事内容である程度察せるようになった。

彼に聞かずとも必要な物の準備を手伝う事が出来るようになったし、夜遅《おそ》くまで読書に集中するイルに「明日は早出じゃない？」と一声掛《か》けられるようにもなり、買い物に出ればそろそろイルがこれを使うな、なんて考えて買ってくる事も出来る。

彼に合わせるように少し変化した生活リズムにも馴染《なじ》んで、お店を開ける時間等もそれに合わせて変化した。

そしてそれはすでに、まるで元からそうであったかのように私の生活として定着している。

「そろそろ行くか」

「これ持っていってもらってもいい？　この間イルに渡《わた》されたお城に提出する書類、書きあが

「ああ、助かる」

騎士団長との結婚を控え、私も国へ様々な登録をしなければならなかったり、やらなくてはいけない事も増えてきた。

イルが任務で他国に行く際の書類のサインや夫婦《ふうふ》で参加しなければならない催《もよお》し、地位ある方々への挨拶《あいさつ》状の書き方や書くタイミング、そして書いてはいけない事等……結婚後すぐにやらなくてはならない仕事でもあるので、少し前までお城の方々に指導を受けていたくらいだ。

イルの腕《うで》が良いのも他国に名が知られている事もわかっていたつもりだったが、いざ実際に関わる事になるとそれがどれだけ凄《すさ》まじい事だったのかがわかる。

他国でどうにもならなかった魔物《まもの》の討伐を成功させたり、同盟国間で騎士団の協力体制を整えるための代表になったりしており、書類のやり取りが本当に多い。

例えば妻になった時にイルと共に目を通さなければならない手紙一つとっても、各国からの指導に関するお礼状、国賓《こくひん》が招かれるパーティの招待状、他国の王族からイルへの手紙等様々だ。

合同任務の依頼《いらい》等、国を通さなければならない物は別として、今までイルが個人で返していた物の一部には結婚後からは私の名前が連名で載《の》る事もある。

勉強を始めた頃にこの世界で広く発売しているような本に彼の名前が載っている事を知って、気が遠くなったくらいに、彼は高い評価を受けていた。

騎士団に関する国内の本は一通り見たけれど、戦術書や剣《けん》の指南書はさすがに読んでいなかったので、言われるまで気が付かなかったのがなんだか悔《くや》しい。

すぐにその本を取り寄せてイルのページが見えるように居間に飾《かざ》ったのだが、帰って来たイルが引きつった顔で閉じてしまったので今は私の部屋にある。

こうなった時に気恥《きは》ずかしいから、と私には本の存在を黙《だま》っていたようだ。

そんな人との結婚《けっこん》という事で私宛《あて》にも各国の地位の高い方からお手紙が届いたりして、少し前まではその対応に追われていたのだが最近ようやく落ち着いた。

今までイルの家族としてそういった事に対応してきたお義父《とう》さんとお義母《かあ》さんに何度話を聞きに行った事か……。

嫌な顔一つせずに色々教えてくれた義両親には本当に感謝している。

そうした様々な対応にもようやく慣れて、指導して下さった方からも大丈夫《だいじょうぶ》だと言って頂けた為《ため》、勉強に充《あ》てていた時間は終わった。

細々した事は残っているけれど結婚前だからこその忙《いそが》しさなので、式が終わってしばらく経《た》てば落ち着くはずだし、これはかりは仕方ないと割り切っている。

人との関《かか》わりが増えた分、こういった手間に感じる事が増えるのはもうどうしようもない。

外に出て雪除《ゆきよ》けのマントを着てアトラを引いて来るイル越《ご》しに、うっすらと魔《ま》法陣《ほうじん》が浮かぶ空が見える。

私が新たに張りなおした大魔法の結界がこの国を守っている証《あかし》だ。

ぼんやりと空を見上げる私の視線を辿《たど》ったらしいイルがそれを見て微笑《ほほえ》む。

「君のおかげで、この国は今日も平和だ」

「国を守る騎士《きし》団長にそう言ってもらえるのは嬉《うれ》しいなあ……張りなおした時はもう国中に救世主だって知られる事を覚悟《かくご》してたけど。ベオークさんもヨウタさんも黙っていてくれて良かった」

「そうだな」

ベオークさん、イルの幼馴染《おさななじみ》で騎士団の副団長である彼も、私が救世主だという事を知っている一人だ。

金色の短い髪《かみ》がよく似合う物語の王子様のような容姿の、いつも明るく笑っている人。

彼は婚約者であるこの国の王女、ベルカ様と一緒に私のお店へよく来てくれる。

イルは私が救世主だという事を、一番の親友であるベオークさんにも告げずにいてくれたのだが……。

少し前に私と同じように救世主としてこの国に来たヨウタさん、という青年が敵国に利用され私の張った結界を壊《こわ》してしまった。

誰《だれ》よりも人を助けたいと、誰かの笑顔《えがお》が見たいんだと必死に救世主として勉強をしていたヨウタさんの想《おも》いを利用された形で。

その際に上空から魔物に侵入《しんにゅう》されそうになり、私はこの二人の前で大魔法を使って結界を張りなおした。

もちろん驚《おどろ》かれたし色々あったが、二人は私が救世主だという事を黙ってくれている。

ヨウタさんは現在同盟国で勉強中だが、オセルにも彼の良い評判が聞こえてくるので相変わらず人助けに精を出しているのだろう。

以前と変わらず、思わずつられて笑ってしまうような明るい笑みを浮《う》かべて。

私が救世主だという事を知っている三人がそれを黙ってくれている事、そしてその騒動《そうどう》の後に神様からもらった加護もあって、私は今も平和に過ごしている。

この加護の効果で『大魔法を使う所を見られる』『刻印を見られる』『自分から、もしくは私の正体を知っている人間が言う』以外の方法では、私が救世主だと知られてしまう事は無い。

おかげさまで色々と高度な魔法を使っているにもかかわらず、私の正体は三人以外には知られないままだ。

……この世界に来た時は絶対に知られたくないと思っていた救世主であるという事。

その気持ちは今は少し緩和《かんわ》されている。

実際に自分が王家の方々、そしてそこに関係する方々と交流する内に、私が一番危惧《きぐ》していた戦場に送り出される可能性が零《ゼロ》と言っていい程《ほど》に無い事を知ったからだ。

イルやベオークさんもそれに関しては肯定《こうてい》してくれたし、イルも私の事をちゃんと守ってくれるとわかっている。

ただ、知るのが少し遅《おそ》すぎたとも思う。

今更《いまさら》、私が救世主だったんです、なんて自分から言いだす事は私には出来ない。

今お店で気軽に話せる人達と距離《きょり》が開いてしまうのは悲しくて、責められる事は無くとも、嘘《うそ》をついていたのかと思われてしまうのも嫌《いや》だった。

みんなと距離が近くなりすぎてしまった事、そして告げるには時間が経ってしまっていた事。

さらに何よりも今までの救世主の人達の様子を見ていると、彼らの立場は私にとっては生きにくく感じてしまう。

救世主という事で持ち上げられて、期待され、そして国から保護される。

代わりに色々と勉強しなければならないし、行動にはさまざまな制限が掛かってしまう。

勉強は好きだけれど自分の興味の無い分野の勉強ほど苦痛な事は無いし、やりたくない事に時間を使いたくない気持ちも変わらない。

自分の時間が大切な私にとっては本当に苦痛でしかないし、大騒《おおさわ》ぎされるのもとても抵抗《ていこう》があった。

黙っておきたい、今の穏《おだ》やかな関係のまま仲良くなった人達と過ごしていたい。

自分の好きな事ばかりに囲まれている今の生活を手放したくない。

結局私は救世主という秘密に関しては我儘《わがまま》なままだ。

ヨウタさんのように救世主である事に前向きで勉強熱心だったら、きっとこんな考え方はしないんだろう。

ただ少しだけ、ほんの少しだけ変わったのは、来たばかりの頃《ころ》のようにこの国に何かあった時に見て見ぬふりは出来ないという事。

何かあった時は協力してくれ、とベオークさんに頼《たの》まれた時にすんなりと肯定の言葉が返せたくらいには、オセルの事は大切だった。

興味の無かったこの国は、今は私にとって大切な国で、大切な人達が暮らす国でもある。

「今日は騎士団には来ないんだったな、次の配達日はいつだ？」

「三日後だね。今日はお店も休みだからちょっと町に行ってくる」

「最近仲良くなった友人とか？」

「うん、今のところイルが休みの日にはお店に来てないんだよね。あの人もイルに挨拶したいって言ってるんだけど」

「タイミングが合わないからな……」

イルが率いているオセルの騎士団、私はそこに回復薬等の魔法で製作する道具を卸《おろ》している。

なかでも『結界玉』という道具は、怪我を負った持ち主がさらに致命傷《ちめいしょう》になる傷を負いそうになった場合という条件は付くが、その攻撃《こうげき》に反応して中に閉じ込めた結界呪文《じゅもん》を展開するので騎士団では重宝されていた。

戦えない自分の為に何となく作り、その後に強力な魔物と戦いに行くというイルに慌《あわ》てて手《て》渡《わた》したあの日。

あの時の判断がなければ、彼はこの世にいなかった。

今思い出してもヒヤリとする出来事だ。

騎士団の人達も大切になった今は、彼らの為に効力を上げられないか試《ため》す日々。

結界玉一つで家が一軒《けん》建つレベルの価値があるという事からはもう目をそらしている。

作製が難しい上に強力な魔力を使って作る私の結界玉は価値が跳《は》ね上がるらしく、騎士団や王城関係者全員に行き渡っているような国はオセルくらいらしい。

最初はイルに、次は騎士団に、そして今は回復薬を町の病院にも卸している。

忙しい日もあるが、魔法を使って道具を作るのも、そしてずっと夢見ていた自分のブックカフェで働くのも楽しくて仕方がない。

この世界に来てから、イルと恋人《こいびと》同士になってから、私の人生はとても充実《じゅうじつ》している。

そして後数か月で、私にはまた大きな変化が訪《おとず》れるだろう。

「……後もう少しだね」

「ああ、そうだな」

朝感じた気持ちをイルとも共有したくて、そう口に出す。

私が何を言いたいのかすぐに読み取って、イルが優《やさ》しく笑った。

国がごたごたしていた事で延期になっていた私とイルの結婚式《けっこんしき》の日時が正式に決まり、数か月後に迫《せま》っている。

「王様への挨拶《あいさつ》、緊張《きんちょう》したなあ……」

「ちゃんと出来ていたさ、問題無い」

少し前に王族の方々に謁見《えっけん》した際は、粗相《そそう》をしたらどうしようと冷や汗《あせ》をかいていたのだが。

騎士団との交流があった事や、私の作る道具の評判が良い事、そしてもう諦《あきら》めていた騎士団長の結婚の相手という事で温かく迎《むか》えられて、私はますますこの国を好きになった。

ベルカ様と仲が良いのも歓迎《かんげい》された理由かもしれない。

挨拶する私を長い金色の髪を揺《ゆ》らして嬉しそうに見ていた彼女の顔を思い出して、少し笑った。

年下の彼女は、まるで姉が出来たみたいだと慕《した》ってくれるが、幼い頃から王族として生きてきた彼女は私よりもずっと多くの物事を考えている。

時々、私の方が年下だったっけ、なんて感じる事もあって少し情けない気分になる事もあった。

ベルカ様も来年か再来年には結婚式を挙げるだろう。

幼い頃から想い続けて、押しに押して落とした、と笑って話していた相手であるベオークさんと。

幸せな事が続くなあ、と王様が笑っていらしたのが印象に残っている。

本当に嬉《うれ》しそうで、でもどこか寂《さび》しそうな笑顔《えがお》だった。

あれが娘《むすめ》の結婚を控《ひか》えた父の姿、というものなのだろうか。

「イルの次の休みに最後の式場の下見と手続きだよね」

「ああ、とは言っても衣装《いしょう》選びと流れの確認《かくにん》くらいだが」

騎士《きし》団長の結婚式なので、王族の方々含《ふく》め他国の偉《えら》い方々が大勢参列される。

そのため式次第の大半は国の決まり事に沿って行われるので、普通《ふつう》の結婚式よりもずっと準備に掛《か》かる時間は少ない。

それでも必要な事はちまちまと準備して、後は最後の下見と一番時間が掛かるであろう衣装選びだけが残っている。

それにしても異世界という事で宗教やらなんやらは大きく違《ちが》うのに、結婚式は向こうの世界の教会式と同じだというのだからよくわからない。

友人の式に参列した事はあるので少しばかりだけれど知識はあるし、私にとってはありがたい事だけれど。

「これ、国が関係してなかったら自分達でもっと色々決めなくちゃいけなかったんだよね」

「そうだな。会場、日程、人数、食事、招待状や引き出物、小物の手配……」

「……国が決めてくれて良かった」

「良いのか？　俺が相手なせいで制限も掛かるし色々と指定されてしまうから、不自由な部分も多いだろう？」

「そこまでこだわりがないからなあ。向こうの世界にいたら結婚しようと思わなかっただろうけど……したとしても式は挙げないで記念にドレスだけ着てただろうし。強《し》いて言うなら大舞《おおぶ》台《たい》過ぎて緊張するぐらいで」

「なるほど。まあ、多少面倒《めんどう》さが勝つのは俺も同じだが」

「イルは国が関《かか》わってなくて私もあんまりやる気が無かったら式挙げてた？」

「確実に挙げていないな。逆に君はどうだ？」

「イルにやる気が無いなら絶対に挙げてない」

楽しみだけれど面倒、そういう考え方でも私達は似た者同士らしい。

面倒な事はすべて国が決めて手配してくれる上に、一番興味がある衣装は自分達で選びたいだろうとこちらに任せてくれた。

結婚式を挙げるなら一番嬉しい形かもしれない。

その分緊張感は通常の式の比ではないけれど。

「じゃあ、いってらっしゃい」

「ああ、行ってくる」

挨拶と同時に彼の唇《くちびる》が私の額にそっと押し当てられる。

以前は飛び上がるほど驚《おどろ》き照れていた挨拶にも少し慣れ、やはり照れくささはあるものの心臓が破裂《はれつ》しそうなほど高鳴る事は無くなった。

その代わりに得た安心感はなんだかくすぐったくて、とても温かい。

きっとこの慣れは悪いものではなく幸福である事の証《あかし》だ。

アトラに飛び乗った彼の背が見えなくなるまで見送ってから、お店へと続く扉《とびら》を開けた。

お店は休みでイルは仕事、普段ならば本を読んだり料理をしたりして好きに過ごす日だが、今日は予定がある。

自宅スペースである二階へと上がって準備を済ませ、カジュアルな服に着替《きが》えて雪除《ゆきよ》けのマントを肩《かた》にかける。

朝予測した通り雪はもう降り止《や》んでいたので、フードを被《かぶ》る必要は無いだろう。

戸締《とじ》まりを確認してから移動魔法《まほう》の媒介《ばいかい》である石を握《にぎ》りしめる。

一瞬《いっしゅん》目の前が暗くなり、すぐに明るくなった直後、人々の話し声が聞こえてきた。

露店《ろてん》を出す人々の呼び込みの声、道端《みちばた》で話をしている人の声、子ども達のはしゃぎまわる少し高い声も。

少し離《はな》れた所から町を見て、今日も平和だなと温かい気持ちになる。

この世界に来てから町に出かけるといえばここなので、顔見知りの人もずいぶん増えた。

みんな温かで優しい人ばかりだ。

町の方へ歩を進め、顔見知りの人と挨拶を交《か》わしながら目的地へと向かう。

広場の中央にある噴水《ふんすい》の傍《そば》に、今日の待ち合わせ相手が立っていた。

私が気付いたのと同じタイミングで向こうもこちらに気が付き、私に向かって笑顔で軽く手を振《ふ》ってくれる。

肩口で切り揃《そろ》えられたサラサラの銀髪《ぎんぱつ》が相変わらず綺麗《きれい》に揺れていて、袖口《そでぐち》から覗《のぞ》いた腕《うで》は周囲に積もった雪と同化してしまいそうなほど白い。

「ブラン、お待たせ」

「ううん、今来たばかりだよ。来てすぐにツキナが見えたんだ」

相変わらず綺麗な人だ、性別はいまだにわからないけれど。

中性的なこの人、ブランは面白《おもしろ》がって性別を教えてくれないが、お店に通って来ている内になんやかんやと仲良くなって普通に呼び捨てで呼び合うくらいになった。

同性の友人が欲しかった私は、女の子だといいななんて思っているのだが。

ブランは他国から行商に来ており、偶然《ぐうぜん》私の店を見つけてお客様として訪れた。

オセルには長期の計画で来ているため、まだまだ滞在《たいざい》期間はあるそうだ。

同じように本好きで、お互《たが》いに何となく話が合って雑談を交わす内に仲良くなり、今は時々一緒《いっしょ》に遊ぼうと約束しては出かけている。

ブランと話していると、恋人になる前の親友だった頃《ころ》のイルと話していた時を思い出す。

恋人としてときめくのはもちろんイルだけだけれど、こうして新しく出来た友人と穏《おだ》やかに過ごせるのは本当に楽しかった。

「まずは本屋に行って、その後にこの前言ってた個展を見に行く？」

「そうだね、小さな個展だけど綺麗な絵が多いらしいよ。お客さん達の間で評判になっていたんだ」

ブランが行商中にお客様から聞いた絵の個展、個人でやっているものなので規模は小さいがとても評判が良かったらしい。

今日はそれを見に行こう、とブランと約束していたのだ。

良い感じの場所だったら休みの日にイルとも一緒に行きたい、そう思いながらブランと並んで歩きだす。

「個展をやっている家の近くに美味《おい》しい異国料理専門のお店があるらしいよ。同盟国から取り寄せた食材だけで作ってるらしいし、お昼はそこにしない？」

「いいね、楽しみ！」

「料理本も売ってるらしいよ。ツキナも店で参考にする為《ため》に買ってみたら？　他国の料理も色々覚えたい、って言ってたよね」

「うん。暖かい国の料理って雪国のオセルとは全然違っててさ。最近気になってるんだよね」

料理本ももちろん楽しみなのだが、ブランが一人で五人前くらいの量をぺろりと平らげる事を知っている私は、お店の人の驚く顔が見られるのもちょっと楽しみだった。

騎士団員達も結構な量を食べるが、ブランは軽くその三倍以上の量を食べてしまう。

おまけに最近始めたテイクアウト用のパンもがっつり買って帰るのだから、あの量を食べながらその体形を保つ方法を教えてほしいものだと常々思っている。

この細い体のどこに入るのだろうか、いまだに不思議で仕方がない。

そんな事を考えつつ、ブランと雑談を交わしながら目的地を目指す。

仕事も趣味《しゅみ》も充実《じゅうじつ》して、愛する人との関係も良好、趣味の合う友達も出来て、熱中出来る勉強の分野も見つけた。

嬉しい忙《いそが》しさを満喫《まんきつ》しながら、私の異世界での日々は今日も続いている。

第一章　好きな事

「アンスルさん、お待たせいたしました」

「おお、ありがとう」

ブランと出かけた日から数日経《た》ち、いつものように開けたブックカフェ。

午後になってしばらくしてから訪《おとず》れたアンスルさんは、騎士《きし》団のご意見番というか指導者というか……私にとってもイルにとっても師匠《ししょう》と呼べる方だ。

イルにとっては騎士団に入団してからずっと鍛《きた》えてくれた師匠、私にとっては新しい魔法を作り出すという困難な挑戦《ちょうせん》の為の勉強を教えてくれる師匠。

若い頃はさぞモテたであろう少し強面《こわもて》のダンディなおじいさまだが、彼のテーブルに私が今置いたのは大量のスイーツが載《の》ったアフタヌーンティーのセットだ。

見た目によらず、と言っては失礼かもしれないが、騎士団でも厳しいと有名なこの人は大の甘党であり、彼が訪れた時は紅茶用の砂糖などは多めに出している。

基本的に騎士団員や城関係者の男性しか訪れないこの店では、ブランとこの人の時くらいしか三段のデザートスタンドは使わない。

作る私は楽しいので、二人が注文してくれた時は結構嬉《うれ》しかったりする。

シロップで輝《かがや》くフルーツが溢《あふ》れんばかりに載ったタルトはこの店では人気のケーキだし、艶《つや》やかなチョコレートでコーティングされたザッハトルテの上の金粉も美しい。

最近安定してうまく焼けるようになったシュークリームもたっぷりのクリームを挟《はさ》んで、ケーキの横に鎮座《ちんざ》している。

二段目に載せたスコーンにはクロテッドクリームとベリー系のジャムを添《そ》えて、唯一《ゆいいつ》甘くない下段のサンドイッチからは卵が溢れんばかりに覗いていた……アンスルさんの希望で三切れのうちの一切れは生クリームたっぷりのフルーツサンドに変えているけれど。

私も甘い物は好きだがこれを一人で食べ尽《つ》くせはしないので、ある意味羨《うらや》ましい。

アンスルさんが来始めたばかりの頃に感じていた、テーブルから溢れんばかりの甘い物の山への驚きにも慣れて、最近ではデザートなどの新商品の試食を頼《たの》む事も増えてきた。

甘い物を食べると幸せそうにする師に、試食という建前を借りてのお礼だ。

「やはり休日の午後はここで過ごすに限るのう。読み応《ごた》えのある本は多いし、食事は美味《うま》いし安いし、雰囲気《ふんいき》もいい」

「ありがとうございます。ティーツさんはお元気ですか？」

「うむ。向こうでヨウタ殿《どの》の指導を楽しんでいるようじゃぞ。教えがいのある人間の指導というのはいつでも楽しい。ティーツはヨウタ殿が自分の家族になったからなおさらやりがいがあるのじゃろう」

ティーツさんもまた、アンスルさんと同じ騎士団の指導役の方だ。

優《やさ》しげな風貌《ふうぼう》の素敵《すてき》なおじいさまだが、アンスルさんとは反対に甘い物は得意ではなくブラックコーヒーを好まれていた。

紅茶やコーヒーに山のように砂糖を入れて飲むアンスルさんを、いつも顔をしかめて見つめていたのを思い出す。

魔法《まほう》が得意なアンスルさんも武器による戦闘《せんとう》が得意なティーツさんも、騎士団で尊敬されているが本当に厳しいので、イルやベオークさんも含《ふく》めて団員達は皆《みな》顔を引きつらせながら教わっているのだとか。

しかし私自身がアンスルさんに魔法製作に関して教わり始めて心底感じたのだが、指導が厳しい分とても身になる。

騎士団の方々が言うにはティーツさんも同じらしく、お二人からの指導の機会を絶対に逃《のが》さない団員達の気持ちが理解出来てしまった。

お二人はブックカフェの常連でよく一緒に来店して下さっていたのだが、ティーツさんはヨウタさんを自身の息子《むすこ》さんの養子として迎《むか》え入れた事もあり、今は同盟国でヨウタさんに色々と教えている。

救世主が国の偉《えら》い方の家に養子に入る事は珍《めずら》しくないらしく、私のように自立している方が少ないようだった。

「数日前に向こうの国に行った時に一度会ったが、もう少ししたらオセルに戻《もど》ると言っていたぞ。またこの店に来るのが楽しみだと言っておったわ」

「嬉しいですねえ、良い豆を仕入れておかないと」

「そりゃあ喜ぶじゃろうな。ところでツキナさん、この本は同じシリーズの物が数冊出ていたと思うんじゃが」

「ええ、ありますよ」

彼が読んでいるのは相当難しい魔法の専門書だ。

アンスルさんに色々と教わるようになるまで、私がなかなか理解出来ずに頭を抱《かか》えていたような難解な学術書。

魔法の研究に関しても第一人者であるアンスルさんにとっては、簡単に読める部類の本。

私は救世主の特徴《とくちょう》である強大な魔力持ちではあるが、やはり専門分野の魔法となると理解するまでに時間が掛《か》かってしまう。

この世界に連れて来られる際に神様から知識や常識もある程度貰《もら》ったので生活には困らないが、強い魔力があっても何でも出来るわけではないのだなと痛感してしまう。

出来ない事がある方が色々チャレンジ出来て楽しいので構わないのだが。

「おおこれじゃ。ありがとう」

「いいえ、ごゆっくりどうぞ」

アンスルさんは本を開きつつサンドイッチをつまみだした。

私がこの店の本にかけている汚《よご》れたり破れたりしない魔法は、飲食しながら読書が出来ると お客様からとても喜ばれている。

こういう生活を少し便利にしてくれる魔法は全部自分が欲しくてかけた魔法なのだが、やはりみんな思うところは同じようだ。

カウンター内に戻って自分が読む為《ため》の本を手に取ってこっそりと笑う。

本好きの優しい人達の集まるブックカフェ、お客様がいても私も本を読めて、お客様も私の事を気にせず好きなだけ読書が出来るお店。

元の世界で夢見ていた理想のお店は、今最高の状態で私の前にある。

本のページを捲《めく》る音を聞きながら、私も本を開いた。

それから数時間集中して本を読み、満足げにデザートをすべて平らげたアンスルさんから代金を受け取る。

「相変わらず安いのう、儲《もう》けにならんじゃろ」

「仕事というよりは趣味でやっているようなものですから」

「騎士団の連中は助かっておるがの。自炊《じすい》が出来ない若い連中も、勉強熱心だが自分では参考書が買えん奴《やつ》も、もちろん純粋《じゅんすい》に本好きな奴もな。もしも迷惑《めいわく》をかけるような奴が出たらすぐにわしやソウェイルの小僧《こぞう》に言うんじゃぞ」

「ありがとうございます。ですが皆さん良くして下さっていますから」

「ならいいんじゃが。ところでツキナさん」

「はい」

「勉強の進み具合はどうじゃ？」

一瞬《いっしゅん》空気がピリッとした気がして、自然に少し背筋が伸《の》びた。

別に彼から何か責められるような雰囲気を感じたわけではないが、やはり先生に勉強の進捗を尋《たず》ねられると緊張《きんちょう》するのは年を取っても変わらないようだ。

「基本になる知識の書かれた本はもう何度も読み返していますね。ちょっと引っかかっていた部分はこの間お借りした本で理解出来ましたし。ただ実践《じっせん》となると全然ですね。いざ何かしようとしても何から始めたらいいのかわからないというか」

「新しく何かを作るとはそういう事じゃからのう。わしは結界玉の最終工程までは何とか行き着いたぞ」

「本当ですか！」

「もっとも行き着いてからは硝子片《ガラスへん》を量産しておるだけじゃがな」

結界玉を作る事が出来るのは、オセルでは私だけだ。

救世主としての強大な魔力もだが、何よりも魔力のコントロールが私はとても上手《うま》いらしい。

魔力は自動的に付与《ふよ》されたものだが、コントロール力はこの世界に来てから魔法の勉強をするのが楽しすぎて、そして生活を便利にしたくて魔法を使い続けた結果身に付いたものだ。イルと親しくなってからは彼の身を守るために結界と回復の魔法をひたすら練習していたので、今の私はそのあたりの魔法に特化している。

しかし私が使える魔法は既存《きそん》のものだけ。

私がどうしても使いたい魔法……自動的に身を守ってくれる魔法はこの世界には存在していない。

唯一結界玉が似た効果を持っているのだが、私が欲しいのは怪我《けが》をしていなくても発動する魔法だ。

結界玉の発動条件は、持ち主が怪我を負っていて、なおかつそこに致命傷《ちめいしょう》になりそうな攻撃《こうげき》が来た時のみ。

怪我をするのは怖《こわ》い、そして何よりも私は戦う事が出来ない。

以前魔物と遭遇《そうぐう》した時、私は何も出来なかった。

すでに色々な魔法も覚えていたのに、いざ魔物から殺気を向けられた時にはまったく動けなかった。

戦いというものと無縁《むえん》の世界で生きてきた私は、命を狙《ねら》われた際に咄嗟《とっさ》の判断で動く事が出来ない。

ましてや落ち着いて魔法を構築して敵に放つなんて確実に不可能だ。

だから怪我をする前に自動で防いでくれる魔法がどうしても欲しかった。

無いのならば作るしかない、しかしそれは魔法という文化が当たり前にあるこの世界の人達にすらとても困難な事で。

新しい魔法はここ数十年の間、一つも作られていない。

それでも挑戦《ちょうせん》してみたい私にアンスルさんが師匠《ししょう》としてついてくれたのだ。

ついてくれたというか、彼が個人的にも興味があると言って協力してくれているのだが。

その代わり私は彼に結界玉の作製に関するコツなどを提案している。

「しかしこの調子でいけばそのうち作れるようになるかもしれん。ツキナさんのように高度な結界呪文《じゅもん》を玉に閉じ込めるまでにはさらに時間が掛かるだろうが、それでも基礎《きそ》部分が出来るのと出来ないのとでは大きく差があるからの」

アンスルさんの表情がわくわくしている子どものようで、少し笑ってしまった。

研究者気質《かたぎ》なのだろう、たくさんの事を知って挑戦したいという情熱がとても大きい人。

素敵な人だ、本当に。

オセルでもトップクラスの力を持つこの人に勉強を教わる事が出来ているのは、本当に奇跡《きせき》のようなものだ……かなり厳しい人だけど。

「私ももっと頑張《がんば》りますね！」

「うむ、ぜひともわしが生きている間に新しい魔法の完成を見せてくれ」

「でしたらもっともっと長生きしてくださいね。新作デザートもどんどん増やしていく予定ですので」

「なんと！　では後五十年は生きねばならんな」

和《なご》やかに笑い合ってから、店を後にするアンスルさんの背を見送る。

カフェに来て下さるお客様との会話はいつだって楽しい。

その後も数人訪《おとず》れた騎士《きし》団の方々の接客をして、私の知らないイルの様子を聞いたりなんかして……カフェを開けている日は時間があっという間に過ぎていってしまう。

そして友人、ブランが来た日はそれをさらに強く感じる気がする。

騎士団への道具の配達は一定数を納めた事もあって以前より少し頻度《ひんど》が低くなったので自分の時間が増え、今はカフェを開ける日を増やしている。

騎士団の方々もだがブランも頻繁《ひんぱん》に来てくれるので、毎日楽しく仕事が出来ている状態だ。

そんな訳でアンスルさんが来た次の日もお昼時に訪れたブランはあっという間に食事を平らげ、少し本を読んだ後に笑顔《えがお》を崩《くず》さないままデザートとして山盛りのパンケーキを食べていた。

そんなブランの横で、私はカウンターに並べられた物をじっと見比べる。

「どれがいいだろう、毎回良い物が多くて悩《なや》むなあ」

「全部買ってくれてもいいよ」

私の目の前に並んでいるのは、ブランが商品として持ち込んだアンティークデザインのスプーンのセットだ。

騎士団の方々が来て下さるようになったので食器を増やしたのだが、もう少し数が欲しい。ペンダントで出す事も出来るが、あれは選ぶ際に頭の中でデザインを見られるだけなので実際に手に取れるわけではなく、出してみたら大きさがイメージと違《ちが》った、なんて事もある。

それになんというか、最近はこの世界にある物ならばそれを使いたいと感じるようになった。

この世界でオセルの人間として生きていくと決めてから、食材や雑貨等はなるべく町で買っている。

そのため物が出せるペンダントの出番は減ったが、どうしても読みたい本が手に入らない際には必須《ひっす》なので、そこは今もありがたく使わせてもらっている。

例外として本を選ぶあたり、生きる世界が変わっても私の本の虫っぷりは変わらなかったようだ。

他《ほか》に使う時といえば手に入らないような珍《めずら》しい食材がどうしても必要な時、そして緊急《きんきゅう》で何か必要になった時くらいだろうか。

引きこもるために用意してもらったものの中では一番重要な生命線だが、生活の基盤《きばん》が整った上にこの世界に馴染《なじ》み始めた今は使う頻度は相当落ちた。

何よりもこうして目の前に出される商品との出会いも良いものだと思っているので、今回はブランに良い品物がないか尋ねてみた結果、私の前には好みど真ん中のスプーンのセットが数種類並んでいる。

「こっちの花のも良いし、でもこっちのチェスの駒《こま》のデザインもいいなあ」

「どっちも持ちやすい作りになっているしおすすめだよ。セットで買ってくれたら値引きするし。友情価格でこのくらい」

「商売上手だなあ……どっちも買うよ。それとそこのカップも欲しい」

「こっちは二個組だから数は無いけど大丈夫《だいじょうぶ》？」

「うん、これは個人で使いたいから」

ブランが提示した値段が破格の安さだった事もあり、誘惑《ゆうわく》に負けてスプーンを二セット購《こう》入《にゅう》する事を決め、自分用のカップも一緒《いっしょ》に買っておく。

これでも予算内には十分すぎるほどに収まっているので、一緒にブックカバー用の布もいくつか購入した。

ありがとうございます、とブランが笑ったと同時に、入り口が開く音と共に来客を告げる音が響《ひび》く。

「いらっしゃいませ」

「ようツキナちゃん！　ちょうど近くで休憩《きゅうけい》になったから食べに来たぜ！　っと、申し訳ない」

「いいえ、大丈夫です。お気になさらず」

扉《とびら》からベオークさんとイルを先頭に数人の騎士団員の方々が入って来た。

賑《にぎ》やかに入って来た事でブランの視線も入り口へ向き、ベオークさん達も他にお客様がいた事に気が付いて謝罪の言葉を口にしている。

にこやかにそれを流したブランはカウンターへ向き直り、私が購入した商品をまとめだした。

ブランの笑みを見た若手の団員数名が少し頬《ほお》を赤らめていたが、ブランの性別が不明な事は黙《だま》っていよう。

美人だもんね……もしもブランが男性だった場合、同性の笑みに見惚《みと》れた彼らにはちょっとショックなのではないだろうか。

「イル、おかえり」

「ただいま。とは言っても昼食を取ったらすぐに戻《もど》るがな」

にこやかにそう告げるイルの後ろで、団員達が目を輝《かがや》かせている。

「団長、仕事中との雰囲気《ふんいき》の差がすごいな」

「いいなー、俺も奥さん欲しい」

「奥さん出来たら俺達もああいう風にデレッとするのかな。団長があそこまでわかりやすくなるくらいだし」

「ああ、結婚《けっこん》も良いものだぞ。あの団長すら変えてしまうんだからな」

「お前ら聞こえるぞ……っ！」

「副団長の声が一番大きいですって！」

わざとらしく大きな声と仕草で団員達に注意したベオークさんがこらえきれず噴き出すように笑って、つられるように団員達も笑う。

居た堪《たま》れなくなったらしいイルが少し頬を染めたまま軽く咳払《せきばら》いをすると、みんなさっと目をそらした。

いつも通りの雰囲気の良さに私も笑いながら、団員の方々を席へと案内する。

オーダーを取ってさっそく調理に取り掛《か》かる内に、皆《みな》思い思いに動き出していた。

イルやベオークさんと話していたり、本を読み始めたり……ただあまり大騒《おおさわ》ぎはしていない。

私の店には美味《おい》しいし安いからと来てくれる人も多いが、一人での読書の時間が好きだという人も多かった。

おかげさまでおすすめの本を色々と教えてもらえて、新しい本との出会いが増えたくらいだ。

注文の品を作って運び終えてからしばらく経《た》つと、食事を終えた彼らはまた思い思いに過ごし始めた。

イルとベオークさんが近くの席に腰掛《こしか》けていたので、良いタイミングだし、と声を掛ける。

「イル、ちょうど良かった。この人が……」

「ブランと申します。なかなかご挨拶《あいさつ》できず申し訳ありませんでした。よろしくお願いします」

「ああ、あなたが。こちらこそよろしくお願いします」

ようやくブランをイルに紹介《しょうかい》出来た。

二人とも軽く会釈《えしゃく》を交《か》わし合い、イルの隣《となり》に腰掛けていたベオークさんもひらひらと手を上げて挨拶をしている。

「ツキナちゃんが言ってた友達か、行商に来ているんだって？」

「ええ、長期の予定で来ていますので、ここの価格がありがたすぎて通い詰《つ》めているんです」

「安いよなあ、ここ。それでいて味も最高だし」

「ありがとうございます」

「いやいやツキナちゃん、お世辞じゃないぜ。良い食事場所が出来たよ。なあお前ら」

「ええ、本当に助かっていますよ」

「安いし美味《うま》いし、本は読み放題だし」

「ちょっと手を出すのに躊躇《ちゅうちょ》する値段の教本なんかも置いてありますしね」

「町の本屋で人気の手に入りにくい本もここに来れば大体あるしなあ。あ、そうだツキナさん。この本の続きはあるかい？」

「ええ、それでしたら……」

「ああ、すみません。先ほど読み終えたところですのでどうぞ」

年配の団員が探していた本は、ちょうどブランが先ほどまで読んでいたものだった。

差し出された本を受け取った団員がニカッと笑う。

気の良いおじちゃん、という言葉がぴったりくる彼は、この店の常連さんの一人だ。

「おお。ありがとうな、お嬢《じょう》ちゃん」

「いえ、面白《おもしろ》いですよね、そのシリーズ」

お嬢ちゃん、という呼びかけに笑顔《えがお》で答えるブラン。

しかしこの人はたとえお兄ちゃんと呼びかけられようとも同じ反応を返すので、そこから性別を読み取る事は出来ない。

何とも言えない顔で見つめている私には気が付いているだろうが、わざとらしくこちらを振《ふ》り向かないブランはそのまま団員達と談笑《だんしょう》を始めた。

「読み応《ごた》えあるよなあ、この本。今騎士《きし》団の中でも本好きな団員に人気なんだよ」

「なかなか続刊が見つからないんですけどね」

「でも大体の本はここに来るとあるでしょう？」

「ああ。そもそもこの本も、団長が読んでいるのを見た奴《やつ》がここに通って読み始めたのがきっかけで流行《はや》り出したからな」

「そうなんですね。私も自国で見つからなかった本がこの店で見つかった時は嬉《うれ》しかったですねえ」

「雰囲気も良いですよね、このお店。居心地《いごこち》が良いというか。ツキナさんが穏《おだ》やかですし、良い感じに気を抜《ぬ》きやすくて」

「あ、ありがとうございます」

「イルが通い詰めた理由もわかるよなあ」

「今まで恋愛《れんあい》なんて面倒《めんどう》だって避《さ》けていたのにしっかり婚約者にまでなっていますしね」

「こんな穴場を見つけたのにしばらく独り占《じ》めにしていたくらいだからな。団長が若い頃《ころ》から知ってるが、こんなに独占欲《どくせんよく》が強いとは驚《おどろ》きだ」

「……おい」

イルの低い声を大して気にした様子もなく、団員達はイルをからかい続けている。

どっ、と笑いが起こり、それを見たブランの瞳《ひとみ》が驚いたように見開かれた。

「この国の騎士団は和気あいあいとしているんですね。上司と冗談《じょうだん》交じりの雑談が出来るなんて、うちの国とはずいぶん違《ちが》います」

「どこの国から行商に？」

「東の方からです。ちゃんと許可証もありますよ」

イルの問いかけに答えてブランが鞄《かばん》から一枚の紙を取り出して見せる。

どうやらそれが行商をするための許可証らしい。

紙に書かれていた国名を見たのか、団員達が「ああ、あの国か」と納得《なっとく》し始める。

どうやらオセルの東に位置する同盟国のようだ。

「あそこは国民想《おも》いで平和な国ではあるが、兵士や王宮関係者には厳しい規律があるからな」

「オセルが緩《ゆる》すぎるだけかもしれないぞ」

「確かに！　王族の方々との距離《きょり》は近いよな。何かあった時の罰《ばつ》もよほどの事でない限り人道的な判断をしてくれるし」

「オセルじゃなきゃ副団長と王女の恋《こい》も許されなかったでしょうしね」

「まったくだ、他国から見たら甘い国かもしれんが、俺はこの国が好きだし感謝してるね」

「そういう方々が治めている国ですから俺達もやる気が出るんですよね。失ってたまるか、って」

「まず俺達に下される最優先の命令が生きて帰ってくる事だからなあ」

笑い出した団員達の顔は優《やさ》しく、皆口々にオセルの好きなところを挙げ始める。

私も今はこの優しい国が大好きで、彼らの言葉のほとんどに同意出来てしまった。

そんな団員達の話を聞いているブランは少し目を細めていて、あまり感情が読み取れない。

「お嬢さんも気に入ったなら移住してきたらどうだい？」

「……そう、ですね。それもいいかもしれません」

「いい国だぞここは！　結界で守られているし、王族の方々も皆優しい。町の人達も温かいしな！」

「規律が緩すぎて他国の方は少し戸惑《とまど》ってしまうかもしれませんけど」

「確かに。私のような商売人はともかく、兵士達が移住したら驚きで固まってしまうかもしれませんね」

他《ほか》にお客様がいなかった事もあってブランを交えてわいわいと談笑していた彼らは、しばらくして休憩《きゅうけい》が終わる時間になってしまったらしい。

身支度《みじたく》を済ませて笑顔でお礼を言ってくれる彼らを見送る。

「いってらっしゃい、イル」

「ああ、行ってくる」

最後に店から出ていくイルにそう声を掛けて見送り、その様子を見ていたらしいベオークさんにからかわれながら去っていくイルの姿が扉《とびら》の向こうに消えていく。

賑《にぎ》やかだった店内にはブランだけが残るが、何やら考え込んでいるようだった。

「ごめんね、騒《さわ》がしかった？」

「ううん。そんな事ないよ、楽しかった。あ、追加注文いい？」

「えっ？　あ、ああうん、何がいい？」

山盛りの食事とデザートのパンケーキはもうすでに消化されてしまったのだろうか？

何度注文を受けてもこの量には驚いてしまう。

「甘い物もいいけどサンドイッチもいいな……あ、アフタヌーンティー用のデザートスタンドあったよね。あれなら一番下の段はサンドイッチだった気がする」

「……そうだね、結構重めのサンドイッチだけど大丈夫《だいじょうぶ》？」

「大丈夫大丈夫、それをよろしく」

アンスルさんにも出したデザートスタンドだが、まさか食後のデザートの後にさらにおかわりとして頼《たの》まれる日が来るとは。

スタンドに載《の》せるケーキなどはある程度纏《まと》めて作ってあるので、サンドイッチ等を作りながらスタンドに載せていく。

カウンター越《ご》しに嬉しそうに見つめてくるブランの視線は、作っている身としてもとても嬉しい。

「ブラン、食べるの好きだよね」

「……好き？」

「うん。たくさん食べている時も最後まで嬉しそうだし」

「どう、だろう？　美味《おい》しいとは思うけど。好き、とかは考えた事ないな。私はともかく燃費が悪くて、今これだけ食べたとしても夕方にはもうエネルギー不足になってしまうんだ。食べる事が好きというよりは食べないと動けなくなる感じかな」

「そんなに？　本当に嬉しそうに食べてるから読書と同じように食事も好きなんだと思ってたよ」

驚く私を見て苦笑していたブランだが、ふとその顔から笑みが消える。

何か言いあぐねているように見えたが、少しして戸惑いの表情のまま口を開いた。

「好き、って何だろうね」

「え？」

「例えば幼少期に親からたくさん食べるように、たくさん本を読むように、って命令されていたとして、能力的にそれが可能で自分にとっても苦痛でなく今も習慣化していたとしたら……それは好きでやっていると言えるのかな？」

「……難しい事を言うね」

この『例えば』がブラン本人の事なのか、それとも本当に喩《たと》え話なのかはわからないけれど。

「これは私の考えだけど、本人が〝やらなくちゃ〟じゃなくて〝やりたい〟って思えるなら好きなんじゃないかな」

「そのやりたいって感覚も命令されたものだったとしたら？」

「ええ……そこまで詳《くわ》しく考えた事は無いけど、命令されていたとしてもやりたいなら好きって事でいいんじゃない？　だって命令されて渋々《しぶしぶ》やっているのと、命令されても自分でやりたくてやっている事は違うでしょう？」

「まあ、そうだけどね」

「え、じゃあ例えばブランが本を読めと命令されていたとして、その命令が無くなったらここには来なくなっちゃう？」

私の問いに、きょとんとした表情に変わるブラン。

いつもニコニコしているのに、今日は驚いてばかりな気がする。

「私も今はこうしてブックカフェをやってるけど、前は上司のいる仕事をしてたんだよね。嫌《いや》だなあって思う事を命令される事もあったし、逆にそれならやりたいって思う事を命令される事もあったけど、やりたいって思った事で継続《けいぞく》出来る事は個人的に続けてたなあ。今でこそ好きな事しかやってないけど」

「そう、なの？」

「このカフェの仕事も、前に話した回復薬をオセルに卸《おろ》す仕事も好きだよ。やりがいもあるし、このままずっと続けていきたいって思う」

「……ねえ、もしも、もしもそれが嫌になったらどうする？」

「ブックカフェとか薬作りが？」

「うん」

「うーん、色々天秤《てんびん》にかけるかな。始めちゃった以上は責任もあるし。でもその責任も含《ふく》めて考えて嫌だと思ったらやめちゃうかも」

「やめる？　嫌だから？」

「うん。やめられる事ならやめちゃう。続けててもイライラして体を壊《こわ》すだけだし。でも少なくとも今はないかな、料理も本も魔法《まほう》の勉強も大好きだから。こうやってブランと話すのも楽しいしね」

私がそう言って笑うと、ブランは大きく目を見開いてからそっと伏《ふ》せた。

数度口を開け閉めした後、ふっと笑う。

「そっか、うん。私も、きっとこれからは本を読むなと言われても、ここには来るよ。ツキナと話すのは好きだから」

「それは嬉《うれ》しいなあ。私ここまで話せる友達っていなかったから、こうしてブランと話せるのは本当に楽しいんだよね」

「あの騎士《きし》団長さんは？」

「イルは恋人《こいびと》で婚約《こんやく》者だからね。もちろん大切な人だけど友達ではないから」

むしろイルとの関係が恋人同士になったからこそ、私はこの世界で唯一《ゆいいつ》の友人を失ってしまったという考え方もある。

友人から恋人への変化は本当に嬉しいもので、とても幸せな事ではあるから後悔《こうかい》はまったく無いけれど。

しかしこうして友人が出来るのは本当に嬉しい。

「そっか……式が近いんだもんね、おめでとう」

「うん、ありがとう」

わずかに頬《ほお》に熱が集まった。

きっと結婚式後も私とイルの生活に変化はないけれど、こうして友人から祝いの言葉を貰《もら》うと結婚という言葉が現実味を帯びてくる。

「あ、なら人は？　好きな人」

「人？」

「うん。私の場合はそれが一番わかりやすいかも。嫌な事もこの人の為《ため》ならやりたい、みたいな。逆に今までは譲《ゆず》れないほどこだわっていたけど、この人の為ならそれをやめてもいい、みたいな相手とか」

ブランはモテそうだし、今はいなくても過去に恋人の一人や二人いそうだ。

そう思って聞いてみたのだが、ブランはますます驚《おどろ》いたように目を見開いてしまう。

「考えた事もなかったな。好きな人か……自分の考えや立場を、ひっくり返すような人……ツキナにとってはあの団長さんかな？」

「そう、だね。だって私、恋愛《れんあい》ってすごく面倒《めんどう》だって思ってたんだ。恋人に時間を割《さ》かれるくらいなら、本を読んでいたかったし。自分のスペースに誰《だれ》かに入って来られるのはちょっと嫌だったくらいだしね」

「そっか……」

考え込むように目を伏せたブランだが、しばらくして顔を上げた時にはいつもの笑顔《えがお》に戻《もど》っていた。

「残念ながらそういう相手には今まで出会った事はないかな。ツキナみたいに心底惚《ほ》れるような相手もいなかったし。君にしては珍《めずら》しい惚気《のろけ》を聞けて嬉しいよ。ご馳走様《ちそうさま》」

「え、ひどい。せっかく頑張《がんば》って考えたのに」

私がわざと大げさにそう言って、ブランが楽しそうに笑う。

何となくだがこれ以上踏《ふ》み込まれたくない、そんな空気を感じた。

いくら仲が良くても、踏み込まれたくない部分にずかずかと土足で上がり込むつもりはない。

少しだけ話題を変えるように、いつもの空気で口を開く。

「でもブランにも結婚式に来て欲しかったたな。国主催《しゅさい》の式には何の不満もないけど、せっかくブランと友達になれたのに気軽に呼べる友人枠《わく》が無いのはちょっと寂《さび》しいかも。ブラン、今から急いで大富豪《だいふごう》に出世しない？」

「いやいやいや、国が主催の結婚式に参列出来るほどの地位はさすがに無理だって。でも……でも、そうだね。当日は町の人達と一緒《いっしょ》に君の結婚を祝う事にするよ」

そこからはいつものペースに戻り、食事を綺麗《きれい》に平らげたブランは軽い雑談の後、テイクアウト用のパンを抱《かか》えて嬉しそうに帰って行った。

あれで食事が嫌《きら》いだとはまったく思えないし、珍しい本を見つけた時の瞳《ひとみ》の輝《かがや》きからして本も好きだと思うのだけれど。

行商に来ていると言っていたが、家がお金持ちの商家とかで親が厳しいとかなんだろうか？

躾《しつけ》の一環《いっかん》で本を読む事を強制されてきた、とか？

しかし踏み込まれたくない話題をこちらから振《ふ》る訳にもいかない。

私に出来るのは、ブランが話したいと思った時にしっかり話を聞けるように心構えしておく事だけだ。

色々考えている内に先ほどとは別の団員達がお店へ訪《おとず》れ、慌《あわ》てて接客を始める事になった。

そうして夕方になり彼らを全員見送ってからお店を閉め、今度はイルが帰って来るのを夕飯を作りながら待つ。

最近は笑顔でいる時間が多くて、年を取ったら笑い皺《じわ》が出来てしまうかもしれないな、なんて思っている。

けれど……いつもの時間に開く扉《とびら》を、そして入ってきたイルの幸せそうな笑顔を見て、この人と一緒に年を重ねるのならしわくちゃになるのもいいな、なんて思ってしまうのだから不思議なものだ。

第二章　好きだからこその覚悟

オレンジ色に染まり始めた外の雪を窓越《ご》しに見て、落ち着かない心を持て余す。

今日は朝から騎士団へ配達に行って来たのだが、受付でいつものように道具を渡《わた》した団員さんと軽く談笑《だんしょう》していたところに、緊迫《きんぱく》した雰囲気《ふんいき》の団員が数人駆《か》け込んで来た。

声を落として何やら話していた彼らはその場にいた何人かの団員を連れて慌ただしく去って行ってしまい、何があったのかはよくわからないままだ。

私が聞きとれたのは、ハガル、同盟、の二つの単語だけ。

ハガルはこの世界でもかなり大きな国だが、良い評判を聞かない国だ。

軍事力が高く、世界征服《せいふく》というか、自国をすべての国のトップにしたいと考えている国。

私がこの世界に来た頃《ころ》、ハガルはオセルに相当不利な同盟を持ち掛《か》けてきていたらしい。

受け入れるわけにはいかない、けれど受け入れなければオセルが滅《ほろ》ぼされかねない状態だったようだ。

しかしそこに私が大魔法の結界を張った事で事態は一変した。

私の大魔法は外部からの攻撃《こうげき》をすべてはじいてしまう。

ハガルと協力関係にあるという魔物達《まもの》の強力な攻撃ですら通りはしない。

以前私が襲《おそ》われた時のように何者かが魔物を引き入れれば話は別だが、今は外部からの攻撃への警戒《けいかい》の必要が少なくなった分、そういった侵入者《しんにゅう》等への警戒が強くなっている。

さらに少し前に私が結界を張りなおした事で、救世主は名乗り出なくともオセルにいて国を守っていると世界では認識《にんしき》されているし、攻撃系の大魔法を覚えたヨウタさんも留学中とはいえオセル所属だ。

大魔法を覚えた救世主は世界に二人しかおらず、どちらもオセルに属していると世界では見られている。

だからこそ以前ハガルが申し込んできたオセルに不利な同盟は、もう受け入れる必要が無くなった筈《はず》なのだけれど。

答えを知っているであろうイルはそろそろ帰って来るだろうか。

そう思ってもう一度外へ視線を向けたところで、ゆっくりと扉が開きイルが帰って来た。

「おかえりなさい」

「ただいま」

私から聞くまでもなく、イルの表情が少し曇《くも》っている事に気が付いてしまう。

……イルがこの表情を浮《う》かべている時は、私に気を遣《つか》っている時だ。

「とりあえずご飯にしようか、疲《つか》れたでしょう。今日もお疲れ様」

「ああ、ありがとう」

いつも通り二人で囲む食卓《しょくたく》、穏《おだ》やかな筈の時間は少し重い空気に包まれている。

食べ始めてしばらくしてイルが切り出したのは、あの騎士《きし》団での出来事が思ったよりも私に関《かか》わってくるという事だった。

「ハガルから同盟の申請《しんせい》？　しかも前と同じオセルに不利な条件で？」

「そう、以前と変わらない条件だ。もちろん今は君の張ってくれた結界もあるし、ヨウタ殿《どの》も留学中とはいえオセルに所属する救世主だ。あの不利な同盟の条件を呑《の》む必要はまったくと言っていいほど無い。条件の見直しを要求したが、ハガルはもうしばらく考えてから返事をしてほしいと要請して来た。その期日が……俺達の結婚《けっこん》式の前日だった」

「……イルがそこまで気にしてるって事は、何かあると考えてるって事で良いんだよね？」

「俺と君の結婚式は、オセルの王族もだが他国の要人も複数参列する。一か所に各国の重要人物が集まる事になるな。それもハガルのやり方を良く思っていない国の人間ばかりだ」

「何か狙《ねら》いがあるかもっていう事？」

「そうだな。わざわざ期日をそこに設定したくらいだ。何か仕掛《しか》けてくる可能性がある、と皆《みな》考えている。本来ならば国民にはまだ黙《だま》っていなければならない段階だが、当事者である君には警戒してほしいという事で話す事になったんだ。もう各国に日程を伝えてしまっている上に、ハガルの件はあくまで予測に過ぎない。この段階で結婚式を中止にする訳にもいかないから予定通り行われる事になる。もちろんハガルの件は同盟国に話を通しておくが」

結婚式に要人が参列するというだけでもちょっと逃《に》げたくなるくらいだというのに、まさかの命の危険までついてきた。

しかしイルの表情が苦しそうなものに変わったのを見て、その考えを改める。

「すまないな、俺が相手な事で国同士の諍《いさか》いにも巻きこんでしまう。俺が騎士団長でなければ、国同士の諍いなど関係なかったのに」

「……正直言って怖《こわ》くはあるけど、イルが私を守ってくれるのはわかってる。だから大丈夫《だいじょうぶ》」

イルがちゃんと守ってくれるという信頼《しんらい》があるからこそ、私は過去二回の大魔法も安心して使う事が出来たのだから。

それにこの人の妻になる以上、この先も似たような事が起こる可能性はいくらでもある。私が救世主という秘密を抱えているのだから、なおさらだ。

「結婚式は私が楽しむ為《ため》のものじゃないよ。色々な人への報告の意味もあるし、何より二人で楽しめなくちゃ意味が無いもの。むしろ言ってくれて良かった、イルだけが抱え込んで、イルにとっての式が悪い思い出になるのは嫌《いや》だし」

「ツキナ……」

「まだ情報は全然足りていないけど、私も何か出来る事があれば協力するよ。二人の式、だもんね」

「ああ、ありがとう。俺もだが、もちろん騎士団も各国から来る兵士達もいる。式の警備は相当しっかりしたものになるはずだ」

結婚相手が君で良かったと笑うイルに、それは私もだよと返して笑い合う。

そもそもイルと結婚すると決めた時点で様々な制約や面倒事《めんどう》が付いてくるのは覚悟していたので、今更気にする事ではない。

実際に何か起こらないと危機感が強くならないのは果たして良い事なのか、それとも悪い事なのかはわからないけれど。

「ともかく式は予定通り行われる。準備の予定も俺達騎士団の仕事も変更《へんこう》はなしだ。ハガル方面への警戒は強めるが、これは、その……騎士団の幹部達もだが、それとは別に城の兵士達が引き受けてくれてな」

「えっ」

「団長はまず婚約者さんと一緒に過ごしてあげて下さい、だそうだ。兵士長には式が近いのにデートの一つもせずに仕事ばかりしているのか、と怒《おこ》られた」

「イルも怒られたりするんだね」

「騎士団は確かにこの国の要《かなめ》だし、俺もそれを率いる身として気を引き締《し》めてはいる。だが騎士団以外の兵士達をまとめている人物もいるし、王直属の要人達も他《ほか》に大勢いるんだ。俺が頭が上がらない相手は多いぞ」

「……そしてその人達も式には参列する、と」

「そうなるな」

「わあ……」

私の反応を見て苦笑したイルは、少し悩《なや》んでから再度口を開いた。

「不安にさせてしまってすまない、あくまで注意喚起《かんき》だ。また何かわかったら伝える」

「そっか」

「……ツキナ、その、言われたからというわけではないが、次の休みはどこか行かないか」

「えっ、いいの？」

イルからの嬉《うれ》しい申し出にふと頭に浮かんだ場所が一つ。

今でこそどんな面倒事があったとしてもこの人が良いと思っている。

しかしそんな事を気にもせずに一番初めに想《おも》いを告げようと決意した、あの場所。

「あそこが良いな、オーロラ祭りを見た場所」

そうしてやってきたイルの休日、あの日と同じようにイルに手を引かれて森の中を歩く。

イベントの時とは違《ちが》い日中、おまけに森しかないこの辺りには他に人もいない。

それでもあの日二人で見た場所は懐《なつ》かしく感じる。

「この時期はずいぶん花が多いんだね」

「雪の上でも咲《さ》く珍《めずら》しい花の群生地になっているんだ。ほら、あの花も大半はここで咲いたものだぞ」

イルが指さした先を見ると私にとって印象深い花が所狭《ところせま》しと咲いており、まるで絨毯《じゅうたん》のようになっていた。

真っ白な花なので雪の上ではあまり目立たないが、とても綺麗《きれい》だ。

周囲には同じ形をした様々な色の花も咲いている。

「これ、前に川に流した花だよね。オセルの国花」

「ああ。魔力に反応して色を変えるのは白い花だけだから、あの催《もよお》し用に白い物だけを採って保管したり、専用に育てたりしているんだ」

以前イルと行った、夜の川にこの花を流すイベント。

オセルの平和という願いを魔力と共にこの花に込め、夜の川に流す。

人それぞれ花の色が変わる事もあり、川にぼんやりと輝《かがや》く色とりどりの花が大量に流れていく美しいイベントだ。

あのイベントの時、私は心からオセルを自分の生きる国だと感じたんだった。

「そうなんだ。あ、帰りに少し摘《つ》んで行っても良いかな」

花を摘んで長持ちさせる魔法は以前町の花屋さんで聞いてから自分でも覚えたので、摘んで帰ったとしても長持ちさせられるし、この花で栞《しおり》も作ってみたい。

うちは私もイルも本の虫だしお店に来るお客様も使うので栞は大量にあるのだが、新しい物を見るとつい欲しくなってしまう。

読書という楽しみの中の一つになっているのかもしれない。

「この辺りの花は自由に摘んで良い事になっている。もちろん摘みすぎない程度、という暗黙《あんもく》の了解《りょうかい》はあるがな」

「じゃあ帰りに少しだけ摘ませてもらおう」

道すがら咲き誇《ほこ》る花々を見ながらゆっくりと歩を進める。

緩《ゆる》やかに、けれど途切《とぎ》れる事なく続いていた会話は、高台に着いてオーロラを見た場所に立った時点で自然に無くなった。

お互《たが》いに無言のまま空を見上げる。

初めて見たオーロラ、気持ちを伝えようと必死に開けた口、それをかき消すような轟音《ごうおん》と真っ赤な魔法陣《まほうじん》。

誰《だれ》にも知られたくなかった救世主という立場、イルに嫌《きら》われてしまうと苦しくなりながら放った大魔法。

握《にぎ》りあっていた手にぎゅっと力が籠《こも》ったのは同時で、銀色の魔法陣がうっすらと浮《う》かぶ空を見つめる。

変わったな、と自分でも思う。

面倒事は嫌い、自分さえよければそれでいい。

多少の罪悪感は覚えても最終的にはそういう考えのもとに判断していた自分が、今は……。

いや、今もその部分は大きく変わってはいないだろう。

この間ブランとも話したが、私は私のやりたい事を優先しているし、やりたくない事でやらなくてもいい事や他の人が出来る事は拒否《きょひ》したい。

しかしそれをしてもいいと思えるような状況《じょうきょう》が出てきてしまった。

きっと起きる事の方が稀《まれ》な、三十歳を過ぎてからの大きな価値観の変化。

それを私に起こしたのは間違《まちが》いなくこの人だ。

雪を被《かぶ》った森を見下ろしながら、冷たい風で乱れそうになった髪《かみ》を押さえる。

ただ景色を見ているだけの沈黙《ちんもく》は相変わらず心地《ここち》好《よ》いものだけれど、今日はどうしてもイルに言いたい事があった。

「ねえイル、私に申し訳ない、とかもう思わないでね」

雪に音が吸収されるからか、しんと静まり返っていた周囲に私の声が響《ひび》く。

二人きりの空間だった事もあって、その声は自分で思ったよりも大きく聞こえた。

驚《おどろ》いた様子のイルが私を見る、それがおかしくて少し笑ってしまう。

あの日、イルから国の諍いに巻き込んで申し訳ないと謝られた日からも、彼は頻繁《ひんぱん》に私に謝る。

ハガルの情報が入るたびに、それが私への警告が必要な出来事であるたびに、申し訳なさそうに顔を曇《くも》らせている。

……半分無意識なのか、大丈夫《だいじょうぶ》だと言っても私に気を遣《つか》ってくれている。

私だってイルに余計な物を背負わせているのに、と私も申し訳なさが強くなって謝ったりしていたが、きっとこれじゃお互いに駄目《だめ》なんだ。

お互いが大切だからこそ生まれたこの気遣いは、これからの私達の幸せを少し陰《かげ》らせてしまう気がする。

だから……自分のせいで苦労を掛《か》ける、と謝りあう日々は今日で最後にしたい。

私は確かに誰かの為《ため》よりも自分の為に動いていたいタイプだけれど、自分が面倒を被る事を誰かのせいにするつもりはない。

イルが申し訳なさそうにしている事の大半は私にも直接関係する事で、彼個人の問題ではないのだからなおさら二人で協力したい。

どちらのせいでもなくどちらかだけが背負うべきものでもない、と思う。

「イル、最近私に申し訳なさそうにしてる事が多いんだもの。確かにイルが結婚《けっこん》相手じゃなきゃ起きなかった事は多いけど、そもそもイルじゃなきゃ結婚なんてしようと思わなかったし、面倒だっていう気持ちが勝ったらすぐに別れてたよ。あなたに恋《こい》をしていなければ、きっとすぐに逃《に》げ出してた」

そうだ、別に一度付き合ったからと言って何があっても別れないという訳ではない。

嫌《いや》な事もあった、面倒《めんどう》な事もあった。

でも私は一度だってそれを理由にイルと別れたいと思った事はない。

「結婚って分かち合う事でしょう？　私もそれを選んだんだよ。戦えない私がイルの苦労で一緒《いっしょ》に背負える事は少ないし、役に立たない事も多いけど、分けてほしいの。自分のせいでいらない苦労を掛ける、なんて絶対に思わないで」

面倒事は背負いたくない、けれど背負うと決めたら背負う。

そこはきっと昔から変わっていない……なかなか背負わないだけで。

だからこそやると決めた以上は後悔《こうかい》なんてしないし、イルに気遣われるのも違う。

気にしないで、とは伝えてきたつもりだが、何か問題が起きるたびに私に申し訳なさそうにする事に対しては、結婚前にしっかり話がしたかった。

「もっと押し付けていいよ。もちろん嫌な事は嫌だって言うし、それでもやらなくちゃいけないならイルともしっかり話し合うつもりだしね」

覚悟《かくご》を決めていたからこそ、ハガルの事を聞いても私は落ち着いていた。

まさかスタートでもある結婚式から巨大《きょだい》な面倒事が降って来るとは思わなかったけれど、来てしまったものはもう仕方がない。

怖《こわ》くない訳じゃない、いまだに怪我《けが》をするのは痛いから嫌だし、魔物に襲《おそ》われた時の事を思い出すと震《ふる》えるほどの恐怖《きょうふ》を感じる。

次から次へと起こる大きな問題に嫌気だって差す……でも、それでも私は。

「確かに大きな問題が起こる事もあるけど、乗り越《こ》えた先であなたがくれる安心感を知っているから。イルと結婚する代わりに負う責任や大変さよりもずっと大きな穏《おだ》やかさをあなたがくれるから。私が欲しい、安心感に包まれた穏やかな生活を」

何かを負わせるのはお互い様だ。

むしろ私も大きな問題を抱《かか》えているし、私がイルにかける負担だって大きい。

「イルこそ、いいの？　私と結婚するって事は、救世主だっていう国にとっての最重要事項《じこう》を隠《かく》した私を身内にするって事だよ。この間はベオークさん達が黙《だま》っていてくれたけど、次に何かあった時に隠し通せるとは限らない。その事で不都合が起こる可能性だって高いし、別の世界から来た私はこの世界の人達の常識とは違《ちが》った考え方をする事だってきっとある。たぶん、イルが私のせいで面倒事を背負い込む事の方が多いよ。それでもいいの？」

私の言葉を少し目を見開いたまま聞いていたイルの表情がふっと柔《やわ》らかくなり、次の瞬間《しゅんかん》私は彼の腕《うで》の中に収まっていた。

あの日、彼に告白した日と同じだ。

温かい、イルの心臓の音が聞こえる。

「……君の事が好きなんだ。これからもずっと、一緒にいてほしい。君にとって唯一《ゆいいつ》の男にしてほしい」

「え？」

予想と違う言葉が返ってきて、驚いた言葉がイルの腕の中にいる事で少しくぐもった。

「あの日、オーロラ祭りで君に言おうと思っていた。実際はあの救世主騒動《そうどう》のせいで伝えるどころではなくなってしまったが」

緩んだ腕、私の顔を覗《のぞ》き込むようにイルの顔が間近で笑っている。

「君が救世主だという事も、もう背負う覚悟は決めている。だから俺も謝るのはこれが最後だ、ツキナ。すまない、色々と面倒事ばかり背負わせてしまうが、共に背負ってほしい。永遠に」

「……うん。私の方こそ、色々と迷惑《めいわく》をかけると思う。ごめんね」

「君がもしも何か共に背負ってほしい事があれば喜んで背負おう。君が何か選択《せんたく》をする時、俺の存在を枷《かせ》にする必要はない。どんな事でも、それがオセルという国に不都合な事だったとしても、共に悩《なや》ませてくれ」

「ありがとう。でもそれはイルもだよ。何かを選択する時、その場で決めなくちゃならない時に私の存在を枷にしないで……無茶《むちゃ》なお願いかもしれないけど」

「いや、ありがとう」

クスクスと笑いながら頬《ほお》を寄せ合う。

初めて大魔法《だいまほう》を使った日、触《ふ》れあう事の無かった唇《くちびる》が重なる。

この人だから分け合いたい、この人だから面倒事も受け入れられる。

今まで生きてきた中で唯一、そう思えた人。

この世界に来たばかりの頃《ころ》は、オセルの事に別の世界から来た私を巻き込まないでほしいと思っていた。

たとえ自分が生まれた世界の為であっても命をかけるなんて真似《まね》は出来ないのに、まったく関《かか》わりのない人しかいない場所でなんてなおさら無理だと。

けれどイルと出会って仲良くなって、彼を失わない為に初めてこの世界の人の為に動いた。

彼と過ごす内にこの世界での交流も増えて、オセルが大切になっていった。

そして今、イルを通さない所でも縁《えん》を結んで、生まれた世界よりもこの世界を大切に思っている。

目の前にあるイルの表情から私への申し訳なさが消えた事に気が付いて嬉《うれ》しくなった。

もう大丈夫だろう、どちらかが過剰《かじょう》に気を遣い続ける結婚生活なんて、いくら想《おも》い合っていたとしても続く訳がない。

「帰ろう、その前に花畑に寄らないとな」

「うん」

来た時と同じように、ゆっくりと帰路につく。

少し歩を進めたところで、先ほどまで居た場所を振《ふ》り返った。

「イル、またここに来ようね。あの川の催《もよお》しにも。騎士《きし》団の警護が無い時でいいから」

「ああ、もちろんだ」

聞けるとは思わなかったイルからの告白の言葉を頭の中で何度も思い返しながら、森の中を進む。

ハガルの事は何一つ変わっていないけれど、きっと大丈夫だと思わせてくれる。

イルの事もオセルの事も信じているから、今回もきっと大丈夫だ。

後は今まで通り私に出来る事をしよう。

以前と違って、今の私には頼《たよ》れる人がたくさんいるのだから。

第三章　挑戦の結果

さて、イルとの間にあった小さいけれど深い問題が解決した今、私が気にするのはハガルの事のみとなった。

イルの負担を少しでも減らす為に、私自身も最低限身を守れるようにしたい。

以前のように引きこもるわけにはいかないのだから。

私が自分の身を守る事が出来れば、イルが私を気遣《きづか》う部分を軽減出来る筈《はず》。

一番可能性があるのは魔法なのだけれど……。

「……駄目《だめ》だ」

お店が休みでイルは仕事、ブランも今日は仕事らしいので完全にオフの日。

私は魔法の教本やアンスルさんに貸して頂いた参考書を並べて、色々と試《ため》しているところだった。

自動的に結界が展開出来る魔法、これさえ完成すれば私やイルの身どころか騎士団の方々の身だって、今までとは比べ物にならないくらい安全になる筈なのに。

「理論はあってる筈なのに」

もう一度自分で考えた魔法を発動しようとしてみるが、魔法陣《まほうじん》は浮《う》かぶものの魔法が発動する前にはじけ飛んでしまう。

アンスルさんにも確認《かくにん》してもらったので、間違《まちが》ってはいない筈だ。

「学生時代にもう少し勉強しておくべきだったか……」

世界が違ったとしても知識があるに越した事はない。

子どもの頃の記憶《きおく》しやすい脳はもう私にはないし、数度見ただけで覚えるなんて真似は不可能だ。

学生時代から本好きではあったが、勉強自体に興味が出始めたのは大人になってから。

本を読むのが苦痛にならないのが唯一の救いだ。

「……気分転換《てんかん》しよう」

もう数時間掛《か》かりっきりだったので腰《こし》が痛いし、頭も働かなくなってきた。

この状態で続けるのはいくらなんでも効率が悪すぎるだろう。

一度キッチンまで行って、とっておきの紅茶の茶葉を出してくる。

以前ブランから買った異国の茶葉だが、すっきりとした味と香《かお》りで頭の中もリフレッシュ出来るのでお気に入りの茶葉だった。

温めたポットに茶葉を入れ、お湯を注いで蒸《む》らして……せっかくだし丁寧《ていねい》に淹《い》れよう。

二階の窓辺に置いたロッキングチェアに座ってひざ掛けを足に掛け、ゆっくりと紅茶を口に含《ふく》む。

はあ、と大きなため息がこぼれた。

少し揺《ゆ》れる椅子《いす》が心地《ここち》いい、焦《あせ》っていた心もほぐれていく気がする。

そもそもの話、新しい魔法を作り出す事はこの世界の専門家でもとても困難な事だ。

稀《まれ》に一般《いっぱん》人が作り出してしまう事もあるから、発想と運も重要らしいけれど。

何度練習しようが尽《つ》きない魔力もあるし、良い先生にも付いていただいているのだから、私の環境《かんきょう》は相当恵《めぐ》まれたものではある。

少し休んで一度頭の中を空っぽにしてからまた挑戦しよう。

そう決めて紅茶の横に置いておいた一冊の本を手に取った。

この世界で流行しているというよくある冒険《ぼうけん》ものなのだが、元々は子ども向けの本だ。

けれどなんというか、引き込まれるような内容で大人が読んでも面白《おもしろ》い。

小難しい理論だの計算だのを頭から追い出すにはうってつけだろう。

参考書や教本で疲《つか》れた頭を癒《いや》すのが別の本を読む事だなんて……自分の事ながら少し笑えてくる。

ゆっくりと紅茶を飲みながら読み進める事数ページ、私はあっという間に本の世界に引き込まれていった。

……夢中になって読み進め、最後のページまでしっかりと読み込んで本を閉じる。

物語の世界の余韻《よいん》が強く、目の乾《かわ》きは感じるが心地の好《よ》い疲れだ。

一つの話を読み終えた後の充実感《じゅうじつかん》で満たされている。

しばらく目を閉じた後、なんだか暗いなと思って顔を上げ……やってしまったと顔が引きつった。

「あー、久しぶりだなこれ」

窓の外は日が沈《しず》み、明かりを点《つ》けていない室内はもう薄暗《うすぐら》い。

テーブルの上のカップには半分ほど紅茶が残っているが、すっかり冷めきってしまっていた。

「保温魔法かけてなかったからなあ……」

少しの間の休憩《きゅうけい》のつもりだったのに、思いっきり読みふけってしまった。

そろそろ夕飯を作らないとイルが帰ってきてしまう。

冷えた紅茶を喉《のど》に流し込んで立ち上がる。

「何日か前に同じ事してたイルに声をかけたばっかりなのに」

しかし頭の中はもう完全にリセットされてすっきりしている。

久しぶりに胸躍《おど》る冒険の物語を夢中になって読んだ。

「この話良いなあ、続刊買わなくちゃ。イルもブランも好きそうな内容だし」

物語の余韻を噛《か》みしめながらも、急いで夕食の準備を始める。

疲れて帰ってくるイルに美味しい物を食べてもらいたいし、彼はしっかり感想も言ってくれるので料理好きの身としては大変作り甲斐《がい》がある相手だ。

お店を開けていた日にソースなどが残っていれば夕食に使ったりもするが、今日は休日。

とりあえず、雪国ゆえに必須《ひっす》な体を温める為《ため》のスープから手を付けようと袖《そで》を捲《まく》り上げた。

いくつかの料理を作り上げ、後はメインの料理を仕上げるだけ、というところで玄関《げんかん》の扉《とびら》がゆっくりと開く。

大体はイルが帰ってきた頃には完成しているのだけれど、今日はさすがに間に合わなかったようだ。

「おかえり」

「ただいま」

私がまだキッチンに立っているのを見て少し驚《おどろ》いた様子のイルだが、すぐに笑顔《えがお》になって雪《ゆき》除《よ》けのマントを洋服掛けに引っ掛けた。

「ごめんね、すぐに出来るから」

「ゆっくりでいい。俺は君が作っているところを見るのも好きだから」

「……ありがとう」

「何か手伝おうか？」

「大丈夫《だいじょうぶ》、後は仕上げだけだから座ってて」

ゆっくりでいいとは言ってくれたが、命がけの仕事を終えた後の彼には少しでも早く休んでもらいたい。

そう思ってパタパタと手を動かす私を、イルが微笑《ほほえ》んで見つめてくる。

照れくさいような嬉《うれ》しいような不思議な気分だ。

そうして出来上がった料理を二人で囲めば、もういつも通りの穏《おだ》やかな食事の時間だった。

「家に帰ってきて食事があるというのはやはり嬉しいものだな」

「私も一人暮らしで外で働いてた時はよく思ってたよ。うちに帰ってから用意するのが面倒《めんどう》で。今は好きな事をしてるから楽しくて仕方ないけど」

「助かるよ、俺はあまり料理が得意ではないからな」

「そう？　私はイルがたまに作ってくれるお昼ご飯とか好きだけど」

「俺は君と違って炒《いた》めただけ、茹《ゆ》でただけ、みたいな物しか出せないぞ」

「十分美味しいって。私だってそういうご飯を作る時はあるし、お店が忙《いそが》しい時はイルに買って来てもらう事だってあるしね」

お互《たが》いが忙しい時には譲《ゆず》り合って協力して、なにかあれば話し合って、そうして暮らしていく。

共働きの夫婦《ふうふ》ってきっとこんな感じなんだろう。

夕食を終えて、お風呂《ふろ》にも入って、そうしたら後はもう自由時間だ。

「そういえば、イルはあの本読んだ？」

「ん？　ああ、あれか。少し前に読み終えたぞ。子ども向けとは聞いていたが、あれは大人でも楽しめるな」

「私も今日最後まで読んだんだけど、つい集中して読み続けちゃった。面白いよね」

「そうだな……なるほど、それであの時間だったのか」

「まあ、そうだね。ごめん」

これに関しては私達の間ではよくある事なので、お互いに笑い話でしかない。

下手《へた》をすると二人揃《そろ》って飲食を忘れて読みふけるのだから。

「第二部が出てるらしいから買おうかな、って思ってさ」

「俺も気になって本屋に行ってみたんだが、流行だというだけあって在庫が無かったんだ。ツキナが仕入れてくれるならありがたい」

「……お互いに流行に弱いとこうなるんだよね」

私もイルも自分の趣味《しゅみ》にあった物を長く使うタイプだし、本に至っては新書から古書まで幅《はば》広《ひろ》く手を出している。

面白いと思った物は何度だって読み返すし、お互いに読み終えた本を交換《こうかん》して読み始める事も多い。

そのため町で流行《はや》っているものに関してはあまり詳《くわ》しくないし、話題の本に気が付くのも遅《おく》れてしまう節があった。

「そうだな、手に入らないとなおさら読みたくなるのが困る。新刊だからどこにでもあるだろうと思ったのが間違《まちが》いだった」

「気になるよね、あの続き。最後に敵のボスを倒《たお》して終わるのかと思ったら、敵の力が強すぎるからって特殊《とくしゅ》な宝石に封印《ふういん》して終わっちゃったし」

「だが確かに主人公よりもずっと敵の方が強そうだったからな。どう倒すのかと思ったが、どうにもならない力を別の物の力を借りて閉じ込めるのならば納得《なっとく》だ。続刊では復活するのかもな。封印した宝石からどう出てくるのかも楽しみだ」

「そうだね………あ」

「ツキナ？」

なんて事のない会話だった。

いつも通りお互いが読んだ本に関する感想を言い合っていただけ。

でも、そうか。

『どうにもならないなら別の物の力を借りて閉じ込めればいい』のか。

そうだ、呪文《じゅもん》だけではじけ飛んでしまうのならば、はじけ飛ばないように先に包んでおけばいいんだ。

「イル」

私が会話の途中で突然《とつぜん》考え込んだ事で、こちらを不思議そうに見ていたイルの名前を呼ぶ。

少しきょとんとした表情で私を見ている彼を見て笑みが浮《う》かんだ。

「新しい魔法《まほう》、完全じゃないけど出来るかもしれない」

いつも二人で本を読む時と同じようにソファに隣《とな》り合って腰掛《こしか》ける。

先ほど思いついた事を試《ため》そうとここに来たのだが、なんだかわくわくしてきた。

正面のテーブルの上には教本や参考書、私が勉強用に纏《まと》めていたノート代わりの紙と共に、結界玉の材料である硝子《ガラス》や水晶《すいしょう》の玉等が置いてある。

「攻撃《こうげき》に反応して自動的に結界を張る魔法か。最後の一押しが上手《うま》くいかないと言っていたな」

「うん。どうしても魔法陣《まほうじん》が出来たと思った瞬間《しゅんかん》にはじけちゃって、効果が発動する前に魔法ごと消滅《しょうめつ》しちゃうんだよね」

魔法の構築自体はこの世界の人が考えるよりもあっさりと上手くいった。

おそらくだが、私が生まれた世界の方が科学的な文明が進んでいた事、この世界に存在するよりも多くの魔法や術が創作の中でたくさん生まれていた事が上手くいった理由だと思う。

あの作品にこういう魔法あったな、ああいう効果を組み合わせればいいんじゃないかな。

この世界にはないあの道具便利だったな、確かこういう作りで動いていたはず。

何かを作り出すのに一から思いつかなければならないこの世界の人とは違い、私にはそういう事前知識があった。

一から作るのではなく、既存《きそん》の知識を組み合わせる事が出来ただけだ。

しかしこの世界の人よりも魔法には詳しくないので、そこで詰《つ》まっていた。

だが先ほどイルと話していてピンときた。

完成直前にはじけてしまうのならば何かで包んで抑《おさ》えて壊《こわ》れないようにすればいい。

私の一番得意と言ってもいい結界の魔法、結界玉の作製はもう慣れたものだ。

結界玉はいつも魔法を作ってから硝子玉の中に詰めているのだが、それを逆にしてみようと思いついた。

魔法を作ってから詰めるのではなく、玉の中で魔法を作り出すようにしたらいいのではないだろうか、と。

あの物語の主人公が自分ではどうにもならないものを宝石の力を借りて閉じ込めたように、私も硝子玉の力を借りてみよう。

硝子玉を一つ手に取る、もうずいぶんと手になじんだ感覚だ。

左手に持った硝子玉に右手を添《そ》えて、ゆっくりゆっくり魔力を流し込んでいく。

徐々《じょじょ》に硝子玉の中に形作られていく魔法陣に心臓がどくどくと音を立て始めると同時に、不安定な魔法陣が揺《ゆ》らぎだす。

焦《あせ》りと不安は、真剣《しんけん》に私の手元を見つめているイルの体温を感じて落ち着いていく。

……あの時、攻撃されるかもしれない恐怖《きょうふ》に怯《おび》えながら大魔法を放った時みたいだ。

過去に二回使った大魔法、どちらも死の危険がすぐ近くにあったのに使う事が出来たのはイルの腕《うで》の中にいたからで。

この人なら守ってくれる、だから絶対に大丈夫。

そんな安心と自信をくれる人が今も隣《となり》にいる。

ふっと心が落ち着くと同時に硝子玉の中の魔法陣が一度強く紫色《むらさきいろ》に輝《かがや》き、形を安定させた。

魔力を注いでいた右手をゆっくりと離《はな》しても、魔法陣は硝子玉の中で淡《あわ》く輝いたままだ。

しばらく無言のまま、二人で硝子玉を見つめる。

慎重《しんちょう》に目の前まで持ち上げてみても、魔法陣は変わりなく存在していた。

硝子玉を載《の》せた手が震《ふる》えている。

「……で、きた？」

「しっかり魔力の宿った魔法陣に見えるな」

なんとなしに顔を見合わせて、すぐに硝子玉へと視線を戻《もど》す。

まだだ、まだわからない。

「イル、これに攻撃魔法ぶつけてもらってもいい？」

「かまわないが、一応もう何個か試してからの方がいいのではないか？　もしもこれ一つしか出来なかった場合は、完成品をアンスル殿《どの》に見せてからの方がいい」

「そ、そうだね」

なぜか先ほどよりもずっと緊張《きんちょう》した状態でチャレンジした結果、三十個近く硝子玉を割って

ようやく三個作る事が出来た。

やはりそう簡単に量産出来るようにはならないらしい。

「十個作って一個だけ……」

「いや、だがそれでも凄《すさ》まじい事だぞ。新しい魔法の完成に立ち会う日が来るとは……」

とりあえず複数完成はしたので、イルと共に外に出て月明かりが反射する雪の上に硝子玉を置き、それに沿うように雪玉を作って置いてみた。

雪玉は魔法を作った時に指定した範囲《はんい》内にある。上手くいけばこの雪玉は壊れず硝子玉だけが壊れるだろう。

今騎士《きし》団に納めている結界玉で同じ事をした時は、雪玉が怪我《けが》など負っているはずもないので結界玉は発動せず、攻撃魔法が当たった雪玉が一瞬で溶《と》けてなくなってしまっただけだった。

視線を合わせて頷《うなず》きあって、少し離れた所からイルが小さな攻撃魔法を放つ。

攻撃で雪が舞《ま》い上がり、周辺の雪がはじけ飛ぶ。

雪煙《ゆきけむり》の中で一瞬だけ魔法陣が紫色に輝いたのが見えて、胸が大きく音を立てた。

舞い上がった雪が晴れると、そこには砕《くだ》けた硝子玉の破片《はへん》と一切《いっさい》形を崩《くず》さないままの雪玉が鎮座《ちんざ》していた……間違いない、成功だ。

「……や、やった！」

思わず胸の前で手を握《にぎ》りしめる。

失敗続きで先も見えず嫌《いや》になった事もあったが、諦《あきら》めなくて良かった。

私が一番欲しかった魔法が、今しっかりと目の前にある。

「……おめでとう、ツキナ」

少し呆然《ぼうぜん》としていたイルが、私を見て微笑《ほほえ》んでいる。

「君がずっと努力し続けてきた結果だ。本当にすごい事だぞ。おめでとう」

「うん、ありがとう！」

とりあえず家の中へと戻るが、じわじわと湧《わ》き出してきた嬉《うれ》しさと興奮は高まるばかりだ。

これで私は自分の身を守れるし、イルの怪我も減る、安定して量産出来るようになれば騎士団の方々にも普及《ふきゅう》出来る筈《はず》。

ソファに座って嬉しさを噛《か》みしめていると、隣に座ったイルが騎士団で使われている通信機を取り出した。

「どこかに連絡《れんらく》？」

「俺じゃない、君の事だ。アンスル殿に連絡して明日にでも見てもらおう」

「え、こんな夜遅《おそ》くに連絡して大丈夫《だいじょうぶ》？」

「……ツキナ、あまり実感がないかもしれないが、新しい魔法の完成というのは相当な大事だぞ。新しい魔法の認定《にんてい》は自分の手だけで放つ事が出来るものに限られてしまうから、硝子玉の補助がある今の状態では認定されないだろうが……だからこそ、これは専門知識がある人間に相談してしっかり完成させた方がいい」

「う、うん、そっか。そうだよね」

「もっとも俺もいざ目の前にしても実感がわかなくて、どう反応していいかわからないんだが」

色々な感情がこみ上げてはいるがどう反応したらいいのかわからないのは、二人共同じなようだ。

嬉しい事に間違《まちが》いはないのだが、叫《さけ》びたいような走りだしたいような不思議な気持ちが混じり合って、逆に落ち着いている気がする。

「それでもなんだか申し訳ない気が……こんな時間に連絡したらよほどの緊急事態だと思われそう」

「緊急でない方の音で鳴らすさ」

イルが通信機に魔力を流すのを見つめていると、反応はすぐに返ってきた。

しっかりした声だったので眠《ねむ》っていたところを起こした訳ではなさそうだと安堵《あんど》する。

『どうした、何かあったか？』

「はい、夜分に申し訳ありません。騎士団ではなくツキナの事で……彼女に通信機を渡《わた》してもいいでしょうか」

『かまわんぞ』

少し悩《なや》んだイルは、自分ではなく私の口から説明した方がいいと考えたのだろう。騎士団専用の通信機なので、確認を取ってから私に手渡してくる。

「すみませんアンスルさん、夜遅くに。その、私が作ろうとしていた魔法なのですが」

『うむ』

「……魔法単体では相変わらずはじけ飛んでしまうのですが、先ほど結界玉のように硝子《ガラス》玉に閉じ込める形にしたところ、成功しました。イルに攻撃《こうげき》魔法を当ててもらいましたが、結界魔法は自動で発動して指定した範囲内の物を守りました。成功率は十個中一個程度の割合ですが」

『…………』

間を空けずに返ってきていた声が途切《とぎ》れ、少し長い沈黙《ちんもく》になったのでなんだか不安になる。

あまりの静けさに通信が切れたのかとイルの顔を見るが、イルも不思議そうに通信機を見つめていた。

「あ、あの……」

恐《おそ》る恐る呼び掛《か》けてみた瞬間《しゅんかん》、通信機の向こうから空気がびりびりと揺れるほどの驚《おどろ》きの悲鳴が返ってきた。

言葉になっていない、音としか思えないような悲鳴は周囲に響《ひび》き渡り、窓ガラスをわずかに揺らした。

あまりの大声に耳がキーンと痛くなって咄嗟《とっさ》に両手で押さえたせいで、通信機はテーブルの上に落下した。

隣に座るイルも同じようにしているのが視界に入って、ここが森の奥で良かったと心底思う。

これが町中の家だったら、間違いなく隣近所から苦情が来てしまう。

興奮冷めやらぬアンスルさんから飛んでくる凄まじい量の質問に答えつつ、明日会う約束を取り付ける。

元々明日は騎士団へ配達に行く予定だったのでその時に、という事になった。

完成した時の私の百倍は喜んでいるであろうアンスルさんとの通信を終え、通信機をイルへ返す。

「話し合いはアンスル殿の魔法《まほう》研究室か。明日は長時間質問攻《しつもんぜ》めにされるだろうな」

「あ、やっぱり？」

「アンスル殿は個人で弟子《でし》を取っておられるからな。皆《みな》、師であるアンスル殿に似て研究者気質《かたぎ》だ。おそらく全員興味津々《きょうみしんしん》だろう」

「明日はアンスルさん以外の人もいるって事？」

「確実にな。だが君の魔法を完成させる強力な助《すけ》っ人《と》になるはずだ」

新しい魔法が生まれたという出来事が貴重だという事もあるが、アンスルさんは生粋《きっすい》の研究者だ。

新しい知識や研究を好んでおり、きっと一生勉強と挑戦《ちょうせん》を続けていくであろう人。

そんな人があまで反応したという事は、明日は相当な時間話し合う事はほぼ確定。

いや、本当にありがたい事ではあるのだが。

「イル、帰りが遅《おそ》くなったらごめん」

「いや、それは気にしなくていい。一応俺が帰る時に覗《のぞ》きに行くから、その時までいたら一緒《いっしょ》に帰ろう」

「うん、ありがとう」

そうして次の日に訪《おとず》れた騎士団本部、いつもの団員さんに回復薬などを受け取ってもらう。

普段《ふだん》ならここで品物の確認をしてもらっている間は軽く雑談したりしているのだが、今日はもうすでにアンスルさんが待っていた。

すごい笑顔《えがお》だ、周りにいる団員達が異様なものを見る目をして距離《きょり》を取っている。

どうしよう、こんな考えは失礼だとわかっているが私も逃《に》げたい。

「おおツキナさん、待っておったぞ」

「こんにちは。昨晩は遅くにすみませんでした」

「いやいやいや、あんな朗報が聞けるなら夜中だろうが早朝だろうがまったく構わん！」

アンスルさんの勢いの強さに、回復薬の数を数えていた団員さんの肩《かた》が跳《は》ねた。

こちらを気にしつつもしっかり数えているのがすごい。

しかしいつもよりも手の動きが速い、あっという間に数え終えて問題が無かった事を教えてくれる。

これで私の配達は終わったので、アンスルさんに促《うなが》されるまま騎士《きし》団の本部へと足を踏《ふ》み入れる事になった……背中に団員達の視線を感じながら。

配達には来ているものの、本部の建物に入る時は応接室、それか以前ヨウタさんに結界玉の作り方を教えていた時に使用した部屋にしか入った事がない。

アンスルさんの研究室は建物の上階、それも奥まった所にあるらしく、初めて入る場所に緊《きん》張感《ちょうかん》が増していく。

一階の入り口にあった部屋よりもずっと警備が厳しいのは、やはり重要な部屋が多いからなのだろう。

警備をしている団員達の中には見知った顔の人もおり、彼らから笑顔を向けられて少し安心した。

たどり着いた部屋に通されると、部屋の中には年配の女性が一人と若い男性が一人。

二人で一つの大きな机を囲んでおり、私達が入ると瞳《ひとみ》を輝《かがや》かせて机の上にあった難解そうな教本をササッと片付け始めた。

「この二人はわしの弟子、といったところか。オセルで魔法の研究をしておる」

「初めまして」

オセルには数人の魔法の研究者がおり、それぞれが弟子を取っているそうだ。

大学の研究室のようなものだろうか。

お互《たが》いに軽く自己紹介《しょうかい》を終えたところで、アンスルさんに促されるまま昨日作った魔法の入った硝子玉を三つ、机の上に置いた。

空気がピリッと張り詰《つ》め、三人がそれぞれ一つずつ玉を持って観察し始める。

「ツキナさん、この中に入っている魔法の詳細《しょうさい》は……」

「これです。私が書いた物ですが」

机の上に持ってきた紙などを広げて置くと、そちらもじっくりと読み始める三人。

……もう少し丁寧《ていねい》な字で書いておけばよかった。

そこから色々と質問を受けては返しを繰《く》り返す。

色々と難しい言葉も多く、私の知識ではわからない事ばかりで頭がパンクしそうだ。

私が詰まるとみんな砕《くだ》いた説明に変えてくれるのはありがたいが、大変に申し訳ない。

しかし三人とも本当にわくわくした表情で会話しているので、嫌《いや》な空気が一切《いっさい》漂《ただよ》っていないのが救いだった。

「ふむ、なるほど。安定しない部分は閉じ込めればいける、か」

「それでも素晴《すば》らしい事ですよ。今の結界玉で死者は大幅《おおはば》に減りましたが、これが正式に完成すればその前の怪我《けが》の段階で防ぐ事が出来ます」

「怪我で引退を余儀《よぎ》なくされる団員や兵士も減りますね」

「成功率はどうなんじゃ？」

「昨晩は三十個近く作って三個、最初の完成品を合わせると四個ですね」

「硝子玉でなく水晶《すいしょう》などの固い物にした場合は成功率が上がりそうですか？」

「いえ、硝子の砕け散り具合を考えると同じかと」

「中の魔法自体が未完成ですからね」

弟子のお二人が色々と話し合う中、難しい顔で考え込んだアンスルさんが少し唸《うな》ってから私の方を見る。

その目はいつもの厳しさや茶目《ちゃめ》っ気ではなく、初めて見るような真剣《しんけん》さを含《ふく》んでいた。

「ツキナさん、研究者でないあなたにお願いするのは申し訳ないが、この魔法、完全な形で完成させてみんか？」

「完全な形？」

「うむ。現在存在している魔法や研究中の魔法にこういった自動的に結界を張るようなものはない。もしも硝子玉の補助無しで完成させる事が出来れば、その魔法を使える人間は人体に直接魔法をかける事が出来る。一度発動して効果が無くなった人間に対してかけなおせば怪我人は相当数減るじゃろう」

「魔法を使えない人間が硝子玉《ガラス》を保持すればその効果を得られるというのもいいですね。魔法の能力が低い人間でも問題なく使えますし」

「うむ。だからこそ完成させたいのじゃ。魔法さえ完成すればツキナさんが硝子玉の中に閉じ込める際の失敗は無くなる。この魔法を結界玉の中に込めれば今まで以上の効果を持つ事にもなるしの」

「しかし結界玉の魔法は必須《ひっす》となると、現状ツキナさんしか作れませんが」

「そのあたりは結界玉の金額を上げるという事でどうじゃツキナさん。もちろん魔法の完成にはわしらも協力する。騎士団に配達に来た日の午後だけでいい。共に完成を目指してみんか?」

「はい、完成させたいのは私も同じですから。ありがとうございます」

毎回硝子玉を破片《はへん》に変えるわけにもいかないし、何よりも今アンスルさん達が話し合っていた魔法をかけなおすという案。

それが出来ればイルの怪我は想定していたよりもぐっと減る、誰《だれ》かを失って泣く人も大きく減るだろう。

一人で勉強するよりもずっと早く完成に近づける事が可能だろうし。

よろしくお願いしますと了承《りょうしょう》の答えを返すと三人とも大喜びだった。

どうやらイルが言っていた通り、弟子《でし》のお二人も研究者気質のようだ。

結局色々と相談して魔法《まほう》も見てもらって、私にとっては新しいやり方をいくつも提案してもらったのだが……新たに完成した硝子玉は三つほど。

成功確率は変わらず、全員で頭をひねりつつ机を囲んで何時間も唸る事になった。

最終的に帰宅時間になったイルが顔を出してくれた事で解散となり、次の配達日の約束も取り付けてからお礼を言って研究室を後にする。

全員が様々な魔法をバンバン使っていたので、アンスルさん以外の二人は魔力切れになりかけていた。

私はおそらくあの場で一番けろりとしていたので、救世主の膨大《ぼうだい》な魔力には感謝しかない。

神様の加護もしっかりと効いているようで、大きすぎる魔力を疑われる事も無かった。

イルと共にアトラに跨《また》がりお城を後にする。

もうすぐ日が暮れる時間だ。

「やはり時間が掛《か》かったな」

「うん、でも私では思いつきもしないような事を色々と教えていただいたし、楽しかったよ」

これから配達日の午後に彼らの研究室へ行く事を告げると、イルは驚《おどろ》く事もなくあっさりと納得《なっとく》してしまった。

どうやら予測済みだったらしい。

「君の作り出した魔法が完成すれば騎士団、いや、オセルの国民の安全が今よりもずっと確かなものになるからな。もし家で何かを思いついて人手がいる時は俺も手伝うぞ」

「うん、ありがとう」

「だが大丈夫《だいじょうぶ》か？　やる事が増えてしまったし、あまり無理はするんじゃないぞ」

そう言われて少し考えてみる。

今の私のスケジュールは生まれた世界の感覚に合わせて七日に二日は完全に休み、残りの五日はカフェを開けて、配達がある日のお店は休みにするか午後から開けるかのどちらかだ。

つまり配達のある日の午後はフリーとも言える。

ブックカフェの特性上お客様が長時間いても店員とはあまり関《かか》わらないので、道具作製は店を開けている日に進めていたりもするし、午後に勉強出来るだけの時間は余裕《よゆう》で取れる。

仕事はずっと夢だったブックカフェ、しかも常連さんだけが来るような緩《ゆる》い経営が出来る理想の形。

副業は空いた時間でいくらでも出来る道具作りと配達で、恋人《こいびと》であるイルの役にも立つ仕事。

そしてどちらも夜遅《おそ》くまでの残業など一切無く、夜や休日は趣味《しゅみ》の読書を楽しんだりイルと過ごしたりと満足出来る時間が余裕で確保されている。

魔法の勉強は空き時間にしていたのだが、これからはアンスルさんの研究室で今まで以上の好待遇《こうたいぐう》で勉強出来るという事だ。

教室に習い事をしに行くようなものだろう……相当ハイレベルな教室だが。

アンスルさんに教わりたい研究者は多そうだし、競争率が凄《すさ》まじい気がする。

あれ、そう考えるとなんだかとても充実《じゅうじつ》しているような……。

「イル、どうしよう。私今の人生ものすごく充実している気がする」

「……君が楽しいなら何よりだ」

私が満面の笑《え》みのままそう告げたからか、イルは少しの苦笑《くしょう》で返してきた。

このままイルと結婚《けっこん》して騎士《きし》団長の妻としての仕事が増えたとしても、十分に余暇《よか》はある。

この世界に来てからの日常はずっとずっと楽しい。

早くハガルの事も解決すればいいな、なんて思いつつ少し離《はな》れた場所を指さした。

「イル、せっかくならあの並びで何か食べて帰らない？」

「そうするか。においだけでも腹が減ってきたしな」

まるでお祭りの屋台のように道の両端《りょうはし》に立ち並ぶ出店。

定期的に行われている食べ歩きの催《もよお》しで、異国の食べ物なんかもあってとても興味深い。

アトラの手綱《たづな》を引いたイルと並んで食べたい物を端から購入《こうにゅう》していく。

道幅《みちはば》も広く私達のように馬を引いている人も多い。

なんだったら馬用のご飯を売っている店まであるくらいだ。

二人と一頭で広場の隅《すみ》に陣取《じんど》り、立ち食いのような状態で色々と口にしていく。

この広場からは四方に道が延びており、どの道にも屋台が立ち並んでいる。

多くの人が買い物を楽しんでいる様子を見つめつつ、いつもとは違《ちが》う食事を楽しむ。

「においにつられてしまったな、少し買いすぎた」

「お腹空《なかす》いてる時ってつい多めに買っちゃうよね。でもたまにはこういうのもいいかも」

「そうだな、こうして立って食べるのもたまにはいいな」

それぞれ買った物を交換《こうかん》したりしながら食べ進めていると、不意に人混《ひとご》みの中に見知った顔が見えた気がして顔を上げる。

雪除《ゆきよ》け用のフードを深くかぶっているので見えたのは一瞬《いっしゅん》だが、綺麗《きれい》な顔立ちは友人のものに見えた。

「ブラン？」

小さく呟《つぶや》いた声はもちろんその人物に届く事はなく、そのまま雑踏《ざっとう》の中に姿を消してしまう。

別に呼び止めるような用事があるわけでもないし、強《し》いて言うなら次に会った時の話題が一つ増えただけだ。

特に追う事もせず、イルと食事を続ける。

「アトラと一緒《いっしょ》に食べるのも新鮮《しんせん》だね」

ねえ、と言いながら先ほど馬用の店で買った野菜を差し出す。

心なしかアトラもご機嫌《きげん》だ。

アトラの小屋の傍《そば》でイルと一緒に昼食を取る事もあるが、基本的にはこの子とは別の場所で

食べているのでなんだか楽しさが増している。アトラも連れて

「今度お弁当でも持って出かけようか。アトラも連れて」

「良い場所を探しておかなければな」

「外で本を読むのも気分が変わっていいよね」

「そうだな、外で読み終えられそうな本も見繕《みつくろ》っておかなくては」

「……似たもの夫婦《ふうふ》だなあ、外でも読書一択《たく》？」

二人で色々な本の名前をあげながら話し合っていると、不意に背後から声が飛んでくる。

振《ふ》り返ると、先ほど正面の道で見た顔が苦笑交じりで立っていた。

「ブラン！」

「こんばんは」

笑顔で挨拶《あいさつ》してきたブランにイルと二人で挨拶を返す。

ブランは手に大きな紙袋《かみぶくろ》を複数抱《かか》えており、屋台で並んでいた食べ物が大量に顔をのぞかせていた。

どうやら私達と同じように夕食を買いに来たようだ。

そこで少し疑問が浮《う》かぶ。

「あれ、さっきあっちの屋台の方にいなかった？」

「え？」

今ブランが来た方向と先ほど私が見た方向は真逆だ。

あの道を進んでも今ブランが歩いてきた道には出られない。

「……さあ、私はこっちの店に端から寄っていたからね。別人じゃないかな」

「そっか、まあ暗かったしフードでよく見えなかったからそうかも。良かった、声かけないで」

いらない恥《はじ》をかくところだった。

声をかけた方もかけられた方も気まずくなる事が確定している。

この整った顔立ちと似た顔がもう一つあるのか……この世界には美人が多いな。

「ブランもこれから夕食？」

「うん。これから宿に戻《もど》って商品の整理をしなくちゃならないから、その前に腹ごしらえしようと思って。そうしたら聞き覚えのある声がしたから見に来たんだ。あ、明日《あした》はお店開いてるよね？」

「うん」

「じゃあ明日もお昼頃《ごろ》にお邪魔《じゃま》しようかな。それと君がこの間買ってくれたスプーンのセット、同じのがもう一組あったんだけどそっちもいる？」

「え、欲しい。あれはお店用だからもう少し数が欲しかったんだ」

「毎度あり。明日持っていくよ」

少しの雑談の後、ブランは宿に戻ると言って去っていった。

去っていく細い背中からは、抱えていた紙袋が大きくはみ出している。

「誰《だれ》かと共に行商に来ているのか？」

「え、ううん。一人で来てるって言ってたよ」

「だがあの食べ物は……」

「そっか、この間イルが来た時はブランは食べてなかったもんね。いつもあのぐらいの量を一人でペロッと食べてるよ」

「そうなのか？　騎士団の若手でもあそこまでの量は入らんぞ」

遠くなったブランの背中を驚《おどろ》いたように見つめるイルに苦笑する。

私も何度見ても不思議になるのだから、初めて見た彼にとっては余計に驚きだろう。

「でもアンスルさんは甘い物だけで言えばブランに匹敵《ひってき》するぐらい食べるよ」

「……あの方は甘い物だけは胃ではないどこか別の器官に収納している、と噂《うわさ》になるくらいだからな」

「そんな噂あるの？　でも納得《なっとく》出来るのがちょっと怖《こわ》い」

元の世界でデザートスタンドを女子高生が複数人で囲んでいたのを見た事があるが、アンスルさんはあれを一人でペロっと食べてしまう。

それもこの間のようにサンドイッチすら甘い物に変えた状態で。

数回に一回はそれにプラスして別のデザートを注文する事もあるくらいだ。

ティーツさんがいる時は甘い物が苦手な彼を気遣《きづか》ってか多少ひかえているようだが、最近は一人で来店される事が多いので歯止めがない。

アンスルさんが常連さんになってからデザートの種類もずいぶん増えた。

「この世界の人の胃袋ってすごいんだね」

「いや、彼らだけだと思うが」

新しくやる事が増えた次の日、イルを見送っていつものようにカフェを開ける。

午前中に数人の騎士団の方が来てくれて、お昼頃には昨日言っていた通りブランも来店。

最近では顔見知りになった事もあって、ブランと団員達も雑談をしたりおすすめの本を教え合ったりして交流している事も増えた。

そうして騎士団の人達が帰宅し、ブランと二人になった午後。

笑顔でスプーンのセットを出したブランに代金を払《はら》う。

「いやあ、ツキナも色々買ってくれるし、この店で会った騎士団の方々がいっぱい買ってくれるから大儲《おおもう》けだよ。もう大助かり」

「それ団員さん達も言ってたなあ。良い物がいっぱい買えて助かる、って。みんな品物が良いって褒《ほ》めてたよ」

「厳選した商品だからね。それにみんな良い人ばかりだ。本当にこっちに移住したい……くらい、に」

「……ブラン？」

「え、ああ、ごめん。何でもない」

不自然に言葉を切ったブランは一瞬硬直《こうちょく》していたように見えたが、本人が誤魔化すように話を断《た》ち切ったので特に深追いはせずに会話を続ける事にした。

話したいと思えばその内話してくれるだろう。

「昨日はびっくりしたよ。ブランに似た人がいたけど話しかけるには遠くて。また明日話せばいいやと思ってたら後ろからブランが来るんだもの」

「まあ似た顔なんていくらでもいるだろうから」

「そ、それはどうだろう？　でも確かに夜で暗かったしフードも被《かぶ》ってたから髪《かみ》の色とかもあんまりわからなかったからね」

「私は外でお弁当食べよう、っていう話題の後に当然のように読書するつもりの二人に驚いたよ。私も本好きだから気持ちはわかるけどさ。外で過ごす為《ため》に一番に挙がる持ち物が本、って。

昨日も言ったけど本当に似たもの夫婦だよね、君達」

呆《あき》れたようなからかうような口調で言われて、乾《かわ》いた笑いがこぼれる。

外で読むのもまた空気が変わって気持ちいいのだけれど。

そうだ、アトラの放牧中に傍で読むのも気持ちいいかもしれない、今度やろう。

雪原を走り回る白馬の傍で読書……おとぎ話のワンシーンみたいだな。

「あ、そういえばブランって魔法《まほう》得意だって言ってたよね」

「え、まあ、火の魔法なら」

「実は練習中の魔法があるんだけど、発動前に魔法陣《まほうじん》がはじけ飛んじゃってなかなか上手《うま》くいかないんだよね」

「魔法陣がはじけ飛ぶ？　魔法自体が間違《まちが》っているんじゃなくて？」

「それが魔法自体に問題はなさそうなんだよね。何回かは微妙《びみょう》な成功もしたんだけど」

「微妙な成功ってなに？」

ってていうかツキナの魔力コントロールでもはじけるんだ」

「硝子玉《ガラス》を使わなければ成功しないし、そもそもその方法でもなかなか成功しない。アンスルさんというオセルの偉《えら》い方が関《かか》わっているので一応新しい魔法の作製だという事は伏《ふ》せつつ、ブランから何か良い知識が聞けないかと期待を込めて話題を振ってみる。

昨日三人と色々試《ため》して、魔法の構築自体は問題が無い事がわかった。

色々な道具を使って補助してみたりしたのだが、どうしてもはじけてしまう。

「うーん、魔法自体が間違っていないなら何かしらのコツがつかめてないだけじゃない？」

「コツかあ、練習あるのみって事？」

「そうだね。ツキナの事だから思いつく限りの事は全部試したんでしょう？」

「うん、あのあたりの教本は全部読んで一通り試した」

高レベルの魔法を成功させるための教本の入った本棚《ほんだな》を指し示す。

アンスルさんの研究室に置いてあった難解な本に書かれていた事もほとんど試したけれど、やはり駄目《だめ》だった。

「あの辺の本のやり方でも駄目なんだ。相当な高度魔法なの？　カフェに回復薬作りに魔法の勉強に……君も色々と忙《いそが》しいね」

「全部やりたくてやってる事だし楽しいから、苦にはならないしね」

「もしもやめても大丈夫《だいじょうぶ》になって、少しでもやりたくないと思ったら？」

「すぐにやめて他《ほか》のやりたい事に時間を割《さ》く」

「前も聞いたけど、本当に即答《そくとう》だなあ」

「やりたくない事を無理にやっても楽しくないし。そもそも集中出来なくなりそう」

「……そっか、やりたくないと集中出来ないのか」

「他の事をやりたくなっちゃうじゃない？　嫌々《いやいや》やってる事で良い結果を出すのってすごく大変だし」

「そう、だね……ああ、そうだ」

何かを思いついたらしいブランが鞄《かばん》の中に手を入れて、数冊の本を取り出す。

そのまま私の前に差し出されたが、どうやら子ども向けの本のようだった。

どれも少し薄汚《うすよご》れており年季が窺《うかが》えるもので、表紙には可愛《かわい》らしい絵が描《えが》かれている。

「これは？」

「私が最初に魔法を使えるようになった時に読んだ本。親が子どもに魔法を教える時に最初に選ぶような物だね。教本というかちょっとした解説本みたいなもので、中身は絵本になってるんだ」

「へえ……わ、かわいい」

ブランが開いて見せたページでは可愛く描かれた動物達が、子ども用の口調で魔法の使い方の基礎《きそ》を説明していた。

『まずはてにぎゅっとちからをこめましょう』なんて言葉から始まっている。

「私も最初は魔法が上手くいかなくて、これを使って教えられたりもしたよ。さすがに子ども向けすぎるからこの店の絵本の中にはないかなって」

「うん、初めて見た」

「こういうのもちょっと新鮮《しんせん》でしょう。初心に返って基礎の基礎からやってみるのはどう？　ツキナなら変な扱《あつか》い方はしないから貸すよ」

「え、でも持ち歩くほど大切なんでしょう？」

「どうだろう、何となく手放せなくて持ち歩いてたけど。でもツキナに貸す分にはまったく抵《てい》抗《こう》ないから」

「あ、ありがとう。確かにちょっと難しく考えすぎてたかもしれないし、借りてもいい？　頭の中が真っ白になった方が上手くいく気がする」

「どうぞどうぞ。お礼は料理のサービスでいいから」

「そう来たか。わかった、今新しく作ってる試作品が三品あるから次に来た時にご馳走《ちそう》するよ」

「やった！」

　喜ぶブランから手渡《てわた》された絵本。

　この世界の子どもならば最初に読むであろうこの魔法についての本はシリーズになっているらしく、五冊でセットになっている。

　私がこの世界に来て最初に読んだ教本は子ども向けのものだったが、ここまで幼児向けの物は見た事が無かったからなんだかすごく新鮮だ。

　友人が大切に持っていた本、いつもよりもずっと気を遣って読まなければ。

　本を貸してくれたブランから食事の代金を受け取って、そうだ、とブランに渡そうと思っていた物があった事を思い出した。

「ブラン、良かったらこれ使わない？」

「え？」

　カウンターの下に忘れないようにと置いていた一枚の栞《しおり》。

　薄い青色の台紙の上に銀色の花が一輪載《の》った栞は、この間イルと一緒《いっしょ》に行った花畑で摘《つ》んできた花で作った物だ。

まとめて押し花にしてから栞にして、魔法をかけて壊《こわ》れたりしないようにして作った内の一枚。

「栞なんだけど、この前花を摘んできたからいくつか作ったんだ」

「へえ、綺麗《きれい》だね。ありがとう」

笑顔《えがお》でもらってくれた事にホッとしながら、嬉《うれ》しそうに栞を見るブランを見つめた。

私の周りの読書家達はなんやかんや栞の収集家も多い。

使うのはお気に入りの数枚だが、私も売っているとつい見てしまうし買ってしまうので気持ちはわかる。

「この花、いろんな色があるけどこの国ではよく飾《かざ》りで使われてるよね」

「オセルの国花だからね。この花に国の平和への願いを込めて川に流す催《もよお》しもあるよ。そういう意味で飾っている人が多いのかも」

「……オセルの平和、ね」

「花畑で摘んだから他にも色はあったんだけど、この銀色のを見つけた時にブランの髪の色が思い浮《う》かんでさ。綺麗だよね、銀髪《ぎんぱつ》」

「ツキナみたいな黒も良いと思うけどなあ」

ブランのように元々がその髪色の人達は、染めたものよりもずっと綺麗に見える。

ベオークさんやベルカ様の金色の髪も綺麗だし。

彼らの髪が傷《いた》んでいないというのもあるが。

「栞ありがとう、大切にするよ」

「たいした物じゃなくてごめんね」

「ううん、嬉しい」

笑顔で店を出て行ったブランを見送れば、そろそろ店を閉める時間だ。

夕食の後の読書タイムはブランに借りた本でも読んでみよう、そう決めて店を閉める準備に入る。

そうしていつものように夕食を作ってイルを出迎《でむか》え、寝《ね》る前の自由時間という名の読書タイムに差し掛《か》かった時だった。

「……疲《つか》れたの？」

「そうだな、少し城がバタバタしている」

この時間の読書はソファでくっついて読む事もあれば、それぞれが気分で選んだ椅子《いす》やベッドの上でバラバラで読む事もある。

今日はソファに二人で座ったので、いつもならば横を向いて見上げなければイルの顔は見えない。

しかし今は彼の顔、というよりも頭は私の膝《ひざ》の上にある。

夕食中の様子も少しおかしかったが、騎士《きし》団という仕事上私に話せない事もあるためこちらからは特に聞かずにいたのだけれど。

ソファに座った瞬間《しゅんかん》、イルが私の膝の上に倒《たお》れこんで来た時は何事かと思った。

一瞬気を失ったのかとも思ったが、本人はいつもよりもぼんやりした感じではあるもののいたって元気そうで。

ただほんの少しだが、出会ったばかりの頃《ころ》の目の下に隈《くま》を作っていた彼と重なった。

疲れ切って食欲が無いからと食事も最低限で済ませて、色々と抱《かか》え込みながら本も満足に読めずにぐったりしていた頃のイルを思い出す。

少し手を伸《の》ばして、テーブルに置かれた彼のハーブティーに回復の魔法《まほう》をかける。

この魔法は当時のイルの体調の悪さを目《ま》の当たりにして、少しでも力になれないかと思って覚えた魔法だった。

あの頃はまだ魔法に慣れていなかったから一回自分の身で試《ため》して、その効果に驚《おどろ》いたのを覚えている。

それ以来我が家では疲れた時の必須《ひっす》魔法になっていた。

……仕事の事でこうして疲れたと口にするイルを見たのは、婚約《こんやく》者という立場になってからは初めてだ。

私が魔法をかけたハーブティーを少し見つめた後、少しだけイルが笑う。

「君のこの魔法には、もう当たり前のように世話になっているな」

「ほとんどイルか自分の為《ため》にしか使わないけど、効果はすごく高くなったね」

何となく彼の髪《かみ》を指に絡《から》めたりして遊びながら、ゆっくりと会話を続ける。

私の大好きな、穏《おだ》やかな時間。

「私に出来る事はある？」

「この時間があればそれでいいさ」

「読み聞かせでもしてあげようか？」

「それも楽しそうだな」

冗談《じょうだん》交じりの会話も楽しい。

ずいぶんリラックスしているな、と彼の様子からも見て取れる。

「毎日、ここに帰ってくるとホッとする。初めてこの店に足を踏《ふ》み入れた時のように。君のいらっしゃいませがおかえりに変わったからか、前よりもずっと穏やかな気分になるんだ」

「私もイルのただいまが聞けて嬉しいよ。今日も無事に帰ってきてくれた、って」

しばらくなんて事のない会話を続けていたのだが、少し沈黙《ちんもく》が続いた後にイルがぽつりと呟《つぶや》いた。

「この間、あの丘《おか》に行っただろう？」

「オーロラ祭りの場所？」

「ああ。俺はあの日までずっと、心のどこかで君に申し訳ないと思っていた」

「……うん」

「君は戦いを知らない。だからこそ、この世界の子どもよりもずっと戦いを怖《こわ》がっている。俺と結婚するという事は、君を少なからず戦いの場に引っ張ってしまうという事だ。だから俺が守らなくては、と思っていた」

「そうだね、ずっと守ってもらってる」

「足りないと思っていたんだ。君が魔物に襲《おそ》われた時も、俺と出会ってさえいなければ君は城には来ていなかっただろう」

「それはそうだけど。気にしてくれてたの？」

「俺はあの時、君を最優先にする事が出来なかった。君が不安に思っている事はわかっていたのに、すぐに帰ってやれなかった」

「急いで帰ってきてくれたじゃない。それにあの時も言ったけど、もしもイルが仕事を放棄《ほうき》して帰ってきていたら私があなたを城に追い返してたよ」

「君はそう言ってくれたが、守ってやりたいのに守ってやれない状況《じょうきょう》が申し訳なくてたまらなかった。でも、そうじゃないんだな」

「そうだよ。今でも十分に守ってもらってるし、イルがあの時団長としての仕事を優先した事、私は逆にホッとしてたよ。あなたの仕事を私のせいで邪魔《じゃま》したくない。ただでさえ救世主っていうどうしようもない秘密を共有してもらっているのに」

「……あの日、あの丘で君と話した時にようやく実感したよ。君に負担をかけまいと動いていたが、度を過ぎれば君を傷つけてしまう、と。結婚とは分かち合う事だと言われて、そうか、と。俺も君に預けてもいいのだと気が付いた」

「私から見れば、私の方がイルにたくさんのものを預けてるよ。イルに預けられたものが少なくて不安なくらいに」

「俺はむしろ君に預け過ぎていると思っていた」

「すれ違《ちが》ってたねえ」

「そうだな……君と友であった頃はもっと頼《たよ》っていた気がする。恋人《こいびと》になってから、いつの間にか守らなくてはと思い込んでいたようだ」

「私はむしろ恋人になってからあなたに頼りきりだったなあ。友達だった頃は遠慮《えんりょ》してたと思う」

ゆっくりと彼の髪を梳《す》く。

目を細めたイルからは遠慮のようなものは感じられない。

「色々気づいたから、この体勢？」

「ああ。疲れたからな。君に寄りかかろうと思ったんだ」

「そっか」

返した言葉に笑い声が混ざってしまった。

なんだかとても幸せだ。

「いくらでも寄りかかってくれていいよ」

「君もな。やる事が多すぎて疲れていないか？」

「どれも好きな事だからね。それでも疲れた時はあなたに寄りかかるよ。それにやる事が多いのはイルも同じでしょう？」

「俺もすべて好きな事だからな。これからは寄りかかれる相手も出来たから、今まで以上に打ち込めそうだ」

嬉《うれ》しいなあ、なんてしみじみ思う。

最近ずっと頼りきりだった彼が、私を甘えても良い存在だと認識《にんしき》してくれた事が。

「きっとさ、これから長い年月を過ごしていく内に喧嘩《けんか》する事もあると思うけど。夜にはこうやって穏やかに過ごしたいね」

「そうだな。だが俺達の事だから少し険悪になったとしても一冊本を読み終えれば、何も気にせずに語り合いが始まりそうだ」

「確かに。喧嘩した事すら完全に忘れて感想の言い合いが始まりそう」

「こじれた時の謝罪の品はきっと珍《めずら》しい本だな」

「もしくは面白《おもしろ》そうな新刊とか」

少し険悪になって、お互《たが》いに背を向けあって本を読む様子が思い浮《う》かぶ。

そうして読み終えた頃には当然のようにお互いに向き合って、嫌悪感《けんおかん》なんてすべてどこかへはじき飛ばして語り合うのだろう。

何とも私達らしい夫婦《ふうふ》の形だ。

「イルが運んでくる面倒事《めんどう》は引き受けるよ。だから私が運んでくる面倒事も引き受けてね」

「ああ、勿論《もちろん》だ」

私を見て細められた目を見ていると、なんだか少し恥《は》ずかしくなってくる。

それを誤魔化《ごまか》したくて、膝《ひざ》の上のイルの目を塞《ふさ》ぐように片手で覆《おお》い、ゆっくりと回復魔法をかけていく。

この回復魔法はじわじわと目の周辺を温めながら疲《つか》れを取ってくれる上にマッサージのような効果もあるので、自分に使う事も多い。

大長編の本を読んだ後などは本当に重宝している。

イルも心地《ここち》好《よ》かったのか、あー、と低い声が響《ひび》いてきたので遠慮なく笑った。

「おじさんみたいな声だなあ」

「俺だってもういい年だからな」

「第一線で活躍《かつやく》してる人が何言ってるの」

「俺よりも現役《げんえき》を引退したアンスル殿《どの》の方が確実に元気だぞ」

「それは否定出来ないけどさ」

「……ツキナ、もう少し右も頼《たの》む」

「はいはい」

ゆっくりとした夜が更《ふ》けていく。

ベッドに入って電気を消してからも、まるで子どものように話を続けた。

大丈夫《だいじょうぶ》、イルとだったら絶対に上手《うま》くやっていける。


森の中、アンティーク調の家を見下ろせる木の枝の上にフードを被《かぶ》った人影《ひとかげ》が腰掛《こしか》けている。

雪がすべての音を吸い取るような静けさは、真夜中という事もあって耳が痛くなりそうなほどだ。

朧月《おぼろづき》に照らされてぼんやりと浮かび上がる影が吐《つ》いたため息が周囲に響くが、それに気が付く者はいない。

明かりの消えたブックカフェの窓をじっと見つめる影の傍《そば》に、二つの影が音もなく降り立つ。

「報告を」

「……結界を張った救世主が我が国に協力する可能性はありません。彼女はこの国の騎士《きし》団長と強い絆《きずな》で結ばれ、結婚《けっこん》も控《ひか》えております。不可能だと見ていいでしょう」

抑揚《よくよう》のない声が三人分、少しの間周囲に響く。

その声のトーンや低さ、特徴《とくちょう》はすべて同じもので、まるで一人で話しているかのようだ。

吹《ふ》きつけて来た雪混じりの風がその人物達のフードを下ろす。

同じ顔が三つ、金色の髪《かみ》と褐色《かっしょく》の肌《はだ》を持つ三人の人物。

後から来た一人が枝に腰掛けていた一人に懐中《かいちゅう》時計を差し出し、もう一人の人物は周囲に防音結界の魔法を展開している。

一拍《いっぱく》置いて、差し出された懐中時計から低い男性の声が響いた。

『我が国の救世主よ、これが最後のチャンスと言ってもいいだろう。オセルが大魔法を覚えた救世主を二人も手に入れた今、世界中でオセルの発言力は高くなっている。結界を張った救世主の協力が不可能ならば利用出来る可能性は無いのか？　こちらに有利になるように操《あやつ》る事は？』

「っ……」

一瞬《いっしゅん》言葉に詰《つ》まった人影が戸惑《とまど》ったようにマントの胸元《むなもと》を握《にぎ》りしめ、ぎゅっと皺《しわ》が寄った。

握る手は小刻みに震《ふる》えていて、強い力が籠《こも》っているのが見て取れる。

『どうした？』

戸惑ったような声が懐中時計の向こうから響いてくるが、その場にいる残りの二人はまるで意に介《かい》さずただ立っているだけだ。

「申し訳ありません、彼女の周りには騎士団の団員も多く、関与《かんよ》は難しいかと」

『……結界玉と回復薬の製作者だったな。騎士団に出入りしている上に、王族との関《かか》わりもある。厄介《やっかい》だ……利用出来ない事は確定で良いんだな？』

「はい」

『そうか、ならば消せ。救世主が死ねば時間経過で結界の魔力は減り、最終的に消滅《しょうめつ》する。あの大魔法の結界さえなくなれば、その後はどうにでもなるだろう。お前の力であれば魔力の減った結界なら破壊《はかい》出来る。しかしこの間のようにすぐに張りなおされては意味が無いな。確実に消しておきたい……決行日は予定通り結婚式だ。そいつらを侵入《しんにゅう》させ、魔力暴走を起こして会場ごと吹き飛ばせ。その救世主は確実に巻き込むんだ。こちらからも今動かせる人形をすべて送る。出来るだろう？　我が国の救世主よ』

「…………」

『お前さえいればいくらでもそいつらは作れるからな。戦力を使えるだけ侵入させる。決行の日までは今まで通り色々と探《さぐ》っておけ』

「……は、い」

『お前以外の奴《やつ》は準備のために一度国に戻《もど》す。警戒《けいかい》は怠《おこた》るな』

ぶつり、と音を立てて通信が切れる。

そいつら、と指定された二人は、何一つ気にしたそぶりもなく懐中時計を回収し、用事は終わったと言わんばかりに去っていく。

一人きりになった木の枝の上でじっとカフェを見下ろす人影は、少しの間の後に胸元をぎゅっと押さえ込んだ。

「私は……」

頼りない月明かりの中で絞《しぼ》り出したような声は誰《だれ》にも拾われる事なく、空へと溶《と》けていった。

第四章　自身で得た力で

イルと会話したあの日から数十日経《た》ったが、ハガルへの警戒が強まっているらしく、イルは忙《いそが》しい日々を過ごしていた。

私もイルの食事や飲み物への回復魔法を含《ふく》め、家で彼が休めるような環境《かんきょう》を整える事をメインに動いていたのだが、それもようやく一段落したところだ。

警戒態勢がしっかり整った事と、今回の件に関しても騎士団でなくお城の兵士達を中心に動く事になったそうで、騎士団の方は落ち着きを取り戻していた。

人の領分まで踏《ふ》み入って勝手に動く訳にはいかないだろうし、船頭多くして船山に上るともいう。

イルも警戒心は維持しつつ、変に手や口は出さず兵士達に任せるそうだ。

一番危ないのは結婚式という事には変わりないので、情報は逐一《ちくいち》貰《もら》える事になっているけれど。

そんな訳で少し落ち着いてきた夜、またいつもの調子に戻った私達は今日はバラバラに座って読書を楽しんでいた。

イルはここのところ休み無しで働いていた事もあり明日《あした》から連休で、いつもよりもずっと深くソファに腰掛けて肘置《ひじお》きに寄りかかっている。

私は窓辺のロッキングチェアに座って、たまにゆらゆらと揺《ゆ》らしながらページを捲《めく》っていた。

今日私が読んでいるのはブランに借りた本の中の一冊だ。

忙しかった事もあり、数日に一冊のペースで読んでいた五冊の本は今読んでいる物で最後。

ブランはいつでもいいと言ってくれていたが、あまり長く借りすぎるのも申し訳ない。

魔法《まほう》は相変わらずの状態で、完成のきっかけは摑《つか》めないでいる。

失敗する事の方が多いという事は何か問題があるという事で、完全に成功したと言える状態ではない。

硝子《ガラス》玉を使わずに魔法を発動させて、更《さら》に失敗が無くならなければ魔法は完成とは言えなかった。

今の私の目標というか課題は、この新しい魔法を硝子玉無しで発動させ、更に日常で使っている魔法のように失敗の無い状態にする事だ。

しかし色々と試《ため》したり教本を読み込んでも良い方法が出てこない。

正直、行き詰まっていた。

そんな風に難しい知識を詰め込んだ後の頭には、この絵本はちょうどいい。

私が無意識にやっていた事は合っていたんだなと再確認《さいかくにん》したり、意識した事の無かった事が書かれていたりして、なんだか面白《おもしろ》かった。

最後の絵本のページをゆっくりと捲ると、子どもの手に親が手を重ねた状態で魔法を使っているシーンが描《えが》かれている。

ふとそのイラストの上に書かれた一つの文章に目が吸い寄せられた。

『どうしてもうまくいかないときは、おとなのひとにてつだってもらいましょう』

どうやらこのイラストは子どもの魔法を親が補助している絵のようだ。

……そういえば私、誰かに補助してもらって魔法を使った事なんてない。

そもそも魔法は一人で使うものだと思い込んでいたし、道具の補助は試しても人の補助は試していなかった。

ページを捲る事すら出来ず、じっとそのイラストを見つめる。

アンスルさんからも補助の提案をされた事はない、しかし幼児向けの本に載《の》っているという事は……。

「ねえイル」

「ん？　どうした？」

「この世界って、二人で一つの魔法を使う事も出来るの？」

「二人で一つというよりは一人が中心になって、もう一人はその手伝いをする形ならばあるな。後は相性《あいしょう》もある。基本的には親子や夫婦《ふうふ》、もしくは師弟《してい》関係のようなお互《たが》いの魔力を何となくでも把握《はあく》している人間同士で、という事になるが」

「それって当たり前の事？　魔法を使う人なら誰でも知っている、みたいな」

「ああ。むしろ初めて教わる時に誰もが通る道だ。子ども一人でうまく安定させられない時に親がそれを手伝ってコツを覚えさせる、とかだな」

「私、新しい魔法ずっと一人で頑張《がんば》ってたから誰かに補助してもらった状態で試した事無い」

「……一度もか？」

「うん」

少し離《はな》れたソファに座るイルと無言のまま見つめ合う。

私はこの世界で生まれていない、もちろん魔法を親に教わってもいない。

だからこういう基本の基本に関しての知識は実は無かったりする。

魔法の勉強は独学だったし、最初の魔法を覚えた時も子ども向けの教本を参考にしたとはいえ、もっと上の年齢《ねんれい》層の物で成功させた。

その為《ため》、ここまで当たり前とされる基本については学んでいない。

アンスルさんに教わるようにはなったが、内容はむしろ相当難解で専門的な部分なので、こんな基礎《きそ》については話題にものぼらなかった。

「研究室に出入りしていただろう？　そこで試したりもしていないのか？」

「やってない。他《ほか》の人からも提案されてないし……私が出来る事は自分で一通り試したって言った事もあるし、相性だっけ？　補助してくれる人の条件は一緒《いっしょ》に暮らしてるあなたが満たしてるから、たぶん向こうももう試したと思ってるんだと思う」

「…………」

またしても無言のまま見つめ合う。

少しして立ち上がったイルが、今まで読んでいた本をテーブルに置いた。

「君が魔法の理論を書いていた紙を見せてもらっていいか？　少し内容を把握させてくれ。そうしたら俺が補助出来ると思う」

「え、でも読書中だったんじゃ」

「いくら何でもこんな話題を出された後に集中出来ないぞ。俺だって新しい魔法の完成は見たい。しかもこんな簡単に試せる事ならばなおさらだ」

「あ、ありがとう。今持ってくる」

心臓がどきどきと早鐘《はやがね》を打っている。

こんな単純な事で成功するのか、とか。

もし成功したらどうしよう、とか。

いや成功はしてほしいのだが。

出来ない時は誰かに手伝ってもらう、それはきっとこの世界では一番に試すような事で……

そしてきっと、元の世界でもそうだったんだろう。

祖父母が亡《な》くなる前は、出来ない事は当たり前のように頼《たよ》っていたはずだ。

頼らなくなったのは、一人になってほとんどの事を自分でやらなくてはいけなくなったあたりからだろうか。

そのせいか、こういった作業に関して誰《だれ》かと一緒にやるという選択肢《せんたくし》が抜《ぬ》けていた。

そして魔法《まほう》という元の世界にはない分野だからこそなおさら、この世界出身でない私にとっては言われるまでなかなか思いつけない事だったのかもしれない。

イルに紙を手渡《てわた》して、私は念のため硝子玉などの結界玉の材料を取りに行く。

この魔法自体に問題がない事はアンスルさん達が保証してくれているし、もしも成功しない理由がブランが言ったように私がコツを掴めていないだけだとしたら……。

私が窓の外の屋根に積もる雪を丸めていると、しばらく紙を読み込んでいたイルからやってみようと声をかけられた。

二人で並んでソファへ座り、テーブルの上に置いた雪玉に手をかざす。

謎《なぞ》の緊張感《きんちょうかん》をほぐそうと大きく息を吐《は》きだしてからゆっくりと魔法を構築していくが、どくどくと鳴る心臓が邪魔《じゃま》をしているようで落ち着かない。

広がっていく魔法陣《まほうじん》もいつもよりも揺らいでいる気がして、必死に自分の心に落ち着けと言い聞かせる。

なんだか妙《みょう》に気が急《せ》いている。

最近毎日のように試していた魔法のはずなのに、まだ可能性の一つを思いついただけなのに、ここまで緊張するとは思わなかった。

ある程度魔法陣が広がりいつもはじけてしまうタイミングになったところで、私の手の上にイルの手が重なる。

はじけそうになっていた魔法陣の周りにイルの魔力が包み込むように展開されていく。

直後の変化は凄《すさ》まじいものだった。

魔力を通すための道がくっきりと見えるし、イルの力を借りている分の余裕《よゆう》で一拍《いっぱく》おいて考える時間が持てる。

私が考えている間はイルの力が魔法を支えてくれているのがわかり、落ち着いて魔法を構築出来る。

ここはこう力を籠《こ》めればいいのか、このくらいの力でも足りるのか、みたいな感覚が明確に把握出来た。

以前大魔法を使った時の事を思い出す。

今とは比べ物にならないほど緊張してもおかしくない、そんな時に今よりもずっとリラックスして使った大魔法。

あ、大丈夫《だいじょうぶ》だ。

すとん、とそれが当たり前であるかのように心に落ちてきた安心感。

視線を少し横に向ければ、真剣《しんけん》な表情で手元を見つめるイルの横顔がある。

本当に彼には助けられてばかりだ。

魔法陣の揺《ゆ》れがピタリと止まり、一瞬《いっしゅん》だけ青紫《あおむらさき》に輝《かがや》いてから雪玉に吸い込まれるように消えていった。

部屋が静まり返り、二人分の視線が雪玉へと注がれる。

「……成功か？」

「魔法自体はかかってるみたい。魔法陣もはじけてないし」

「雪玉が溶《と》ける前に試《ため》してみるか。いや、むしろ魔法が成功していたら溶けないのか？」

「どうだろう？　雪玉が溶けるのは怪我《けが》というよりは寿命扱《じゅみょうあつか》いになりそうだけど」

急いで外に移動して、以前試した時と同じ場所に置いてイルに魔法を打ってもらう。

雪玉に当たり周囲に舞《ま》い上がる雪煙《ゆきけむり》、以前と同じように広がった魔法陣は今度は青紫色をしていた。

ゆっくりと晴れていく雪煙をじっと見つめる。

心臓がうるさい。

時間なんてあまり掛《か》かっていない筈《はず》なのに、煙が晴れるのが遅《おそ》い気がして気が急いてしまう。

そして、煙が晴れたそこには、以前硝子《ガラス》玉で試した時と同じようにまったく形を崩《くず》していない雪玉があった。

「あ……」

達成感とか、喜びとか、なんだかよくわからない感情がすべて高揚感《こうようかん》に変わり、うまく声を出せないまま、ぐっと手を握《にぎ》りしめる。

「…………っ、やった！」

まるで喉《のど》でつかえてしまったようになかなか出なかった言葉は、今まで生きてきた中で一番力が籠《こも》っていたように感じる。

たくさんの人や運にも助けられて、ようやく成功させる事が出来た。

これで私も身を守れる、イルに心配をかけなくて済むし、イル自身の身も守れるだろう。

以前大怪我をした団員達の治療《ちりょう》を必死にした時もあったが、あんな風に血だらけの彼らを見る事も減るはずだ。

「……すごい瞬間に立ち会ったな」

呆然《ぼうぜん》とした様子で呟《つぶや》いたイルの言葉が、私が成功させた事の難しさを表しているようで。

神様に貰《もら》った大魔法ももちろん本当に大切だけれど、私自身が必死に努力して作り出したこの魔法は私にとって一番の特別だった。

興奮冷めやらぬままイルと二人で家へと戻《もど》り、何度かイルに手伝ってもらって魔法が成功する事を確かめる。

何度かやっている内に、今まではじけ飛んでいた原因もわかってきた。

あくまで感覚だが、魔力の注ぎ込み方とか、力を強くするタイミングとかが少しずつ違《ちが》っていたようだ。

イルが言っていた通り、協力して成功させる事でコツを摑《つか》めたという事だろうか。

試しに一人でやってみると、今までの苦労は何だったのかというくらいすんなりと魔法は成功した。

結界玉も問題なくこの魔法で製作出来る。

少し気になったのはイルに協力してもらった場合は魔法陣が一瞬青紫になるのに対して、私一人で使うと紫色に輝く事だけれど……。

「魔法陣の色は何だろう？　魔法自体に変化はないみたいだけど」

「おそらくだが使う人間の魔力の色だろう。以前川に花を流した時に魔力を込めたあの花、俺の花は青、君の花は紫になった」

「二人で使った時は混ざって青紫になって、一人で使った時は私の紫になったって事？」

「だろうな。魔法というのは持ち主のイメージも大切になるから、君が作り出した時に無意識の内に反映されたのかもしれない。魔力にそれぞれの色があるかどうかはいまだ確立されていないから、これは俺の仮定という事になってしまうが」

「そっか、でもそういう可能性もあるんだね」

「俺は魔法の専門家ではないからな。アンスル殿《どの》にも一度確認《かくにん》してみるといい」

「うん」

なんだろう、ちょっと嬉《うれ》しい。

あの日オセルの平和を願って流した花、あのイメージがこの魔法《まほう》に組み込まれているのかと思うと、さらにこの魔法が特別に思えてくる。

「この魔法を使える人が増えればオセルの人達の怪我も減るよね！」

喜ぶ私とは対照的に、イルは少し難しい顔をしていた。

先ほどまで一緒《いっしょ》に喜んでくれていたのに、何か問題でも見つけたのかと不安になる。

「イル、何か問題でもありそう？」

「問題というか……あくまで俺目線でだが、この魔法は結界玉と同じ扱いになると思うぞ」

「え？」

「この魔法は結界玉よりもずっと高度な部類の魔法だ。今のオセルに結界玉を作れるのが君しかいないように、これも成功させるのは難しいと思う。少なくとも俺は確実に使えない。君が魔法を構築してからの補助ならば出来るが、練習したとしても一人で使えるようになるかはわからん。魔力自体はそこまで消費しないが、相当な魔力のコントロール力がいるぞ」

「……どのくらい？」

「……たとえるなら片手に本を持って読書をしながら、もう片方の手だけで針に糸を連続で通し続ける。針穴も糸も太さがすべて違う物で、だ」

「そ、そんなに？」

「君は日常で使う魔法の量が一般人《いっぱんじん》の数倍あるからな。店や家の環境《かんきょう》を保つ魔法に、本の一冊一冊、道具のほとんどにも様々な魔法をかけているし、外の馬の運動場や小屋にも色々とかけていたな。それに加えて元々コントロール力が必須《ひっす》の結界玉の作製と大量の回復薬作製が日課で、何よりも大魔法を二度も使っている。魔力自体は救世主として得たものだが、コントロール力は使い続けている事で身についたものだ」

「道具作りとか大魔法はともかく、自分が楽したいがためにやってた日常の魔法で身についた事を喜ぶべきか悩《なや》むなあ」

「あって困るものでもない、喜んでいいと思うが。それにもしかしたら魔法が得意な者ならいけるかもしれん。出来なくとも結界玉は確実により良い物になるだろう」

救世主だという事で自動的に身についた強大な魔力、そして神様からもぎ取ってきた便利な道具や最低限の常識。

持っていて損はないし貰った事も後悔《こうかい》していないが、やはり自分が日々の努力で得た力というのは特別に嬉しい。

達成感もあるし、申し訳なさも感じずにいられる。

この世界の人が努力して手に入れるものを何の努力もせずに得た事に、何も感じないわけではなかったから。

自分が平和に生きる事を最優先にしたので躊躇《ちゅうちょ》なく使ってはいるのだが。

色々と考えつつも嬉しさが止まらない私の前に、コトリと音を立てて通信機が置かれる。

置いたイルの方を見ると、少し引きつった顔をしていた。

「イル？」

「すまないが先に耳栓《みみせん》を取ってきてもいいか？　悲鳴が終わったら肩《かた》でも叩《たた》いて合図をくれ」

「え……あ」

そうだ、さすがにアンスルさんに完成を報告しなければまずい。

本人からも何かあった場合は真夜中でもいいから連絡《れんらく》しろと言われているし。

蘇《よみがえ》るあの日の記憶《きおく》、硝子玉に入れる形ではあるものの完成報告をした日のアンスルさんの悲鳴のような、声にならない声が響《ひび》いた時の事。

窓ガラスが揺れるほど大きな声は、しばらく耳に余韻《よいん》として残った。

イルはその対策として耳栓をしようと思っているようだが、アンスルさんと話さねばならない私はそれをする訳にはいかない。

そそくさと立ち上がるイルの背中を見て、その場で通信機を起動した。

起動許可ももらっているし、起動のやり方も教えてもらっている。

……夫婦《ふうふ》って運命共同体だよね。

「お、おいツキナ！」

『どうした、何かあったか？』

慌《あわ》てて部屋を出ようとするイルを無視して、通信機に向かって口を開いた。

「夜分にすみません、魔法、硝子玉の補助なしで成功しました！」

一拍《いっぱく》おいて上がる、あの日以上の悲鳴のような声に耳を押さえる。

部屋の入り口で同じように耳を押さえるイルが見えて、遠慮《えんりょ》なく笑った。


翌日、私はアンスルさんの研究室を訪《おとず》れていた。

休日だったイルも同席しているし、騎士《きし》団で仕事中だったベオークさんとも研究室で合流した。

研究室にはお城の兵士達の取りまとめ役の方もいらっしゃったし、王様の補佐《ほさ》をしている役職持ちの方も数人、研究室に足を踏《ふ》み入れた私を見て笑顔《えがお》で迎《むか》えてくれる。

イルとの結婚《けっこん》の件で挨拶《あいさつ》済みなので顔は知っているが、緊張感《きんちょうかん》が昨日の比ではない。

救いは偉《えら》い方の何人かはお店の常連さんだという事だろうか。

……私の店に来る人の地位、すごい人ばかりだな。

それにしても報告した次の日だというのに地位ある方がわざわざ見に来るほどの事態なのか。

さすがに冷や汗《あせ》をかいたが、私が足を踏み入れた瞬間《しゅんかん》にアンスルさんの大声が上がったので緊張感はどこかへ吹《ふ》き飛んで行ってしまった。

「よく来てくれた！　さあ、魔法を頼《たの》む！」

「は、はい」

集まった方々に挨拶を、とも思ったのだがそれを出来るような空気ではない程《ほど》にアンスルさんの瞳《ひとみ》はきらめいている。

イルとベオークさんは遠くを見ているし、他《ほか》の方々も苦笑いするか、またかと言わんばかりの表情でアンスルさんを見つめていた。

同じように瞳がきらめいているのはお弟子《でし》さん二人だけだ。

促《うなが》されるまま、用意されていた人形《ひとがた》のクッションのような物に魔法をかける。

昨日の夜と同じように魔法陣《まほうじん》ははじけ飛ぶ事なく発動して紫色に輝《かがや》いた後、クッションに吸い込まれるように消えていった。

おお、という声が周囲から上がるのが気恥《きは》ずかしい。

発動の様子をじっと見つめていたアンスルさんがわくわくした表情で攻撃《こうげき》魔法を発動し、クッションに向けて放つ。

上がった煙《けむり》が晴れると、無事なままのクッションが顔を出した。

「うむ！　完全に成功しておる」

アンスルさんからの完全なお墨付《すみつ》き、これで間違《まちが》いない。

新しい魔法の完成だ。

わっ、と沸《わ》く歓声《かんせい》も感心の声も全部、神様に貰《もら》ったものじゃない。

私がこの世界で一から勉強して、努力して作り上げたものだ。

結界玉や回復薬だってそうだったはずなのに、湧《わ》き上がる喜びは全然違うものだった。

異世界から来た月奈《つきな》ではなくオセルに……この世界に暮らすツキナとして成功させたんだ。

「魔法の構築の書かれた紙を見せていただいてもよろしいですかな？」

「こちらですね」

「使用する魔力量はどうだ？　私達でも使えそうか？」

「魔法主体で戦っている者は基本問題ない量かと」

「ツキナさん、もう一度使って見せていただいてもよろしいですか」

「はい」

「結界玉の方はどうじゃ？」

「問題なく作製出来ます。昨日作った十個はすべて成功しました」

「これで怪我《けが》人も減るな、ありがたい」

部屋に集まっていた人達が色々と話し合いだす隅《すみ》で、イルとベオークさんも話し込んでいるようだ。

二人とも仕事モードなので、いつものようにベオークさんがイルをからかう様子は見られない。

「ベオーク、使えそうな団員はいるか？」

「魔力量《まりょく》は問題ないだろう。何人かに試《ため》させてみればいいんじゃないか？

「……少なくとも俺は無理だ。お前はどうだ？」　俺よりも結界や回復魔法には強いだろう？」

「は？　団長が無理、って……」

イルが差し出した魔法の構築が書かれた紙を見て、ベオークさんの眉《まゆ》がぎゅっと寄ったのがわかる。

顎《あご》に手を添《そ》えた状態で真剣《しんけん》に紙を読み込んでいたベオークさんは、しばらくして顔をしかめた。

「これは……少し厳しいかもな。俺も魔力量は問題ないが、これを使うまでのコントロールに時間が掛《か》かりそうだ。なんだこの部分、どうやったらあんなすぐに発動出来るんだ？」

二人の声が聞こえたのか、他の方々も紙をのぞき込みつつ難しい顔をしている。

……この魔法ではあまり役には立てないのだろうか。

少しよぎった不安は、先ほどと同じようにアンスルさんの声で吹き飛ばされた。

「ツキナさん、もう一度じゃ。もう一度見せてくれ！」

「は、はい！」

アンスルさんの声に従って、何度も魔法を繰《く》り返す。

視線が手元に集中するが、魔法のコツを覚えてしまった今は緊張で揺《ゆ》らぐ事もなく成功させる事が出来た。

「確かにこれは難しいかもしれんが……おい」

「はい！」

アンスルさんが呼びかけ、弟子のお二人が大量の人形クッションを机の上に置いた。

そして、三人はそれぞれ紙を見ながら魔法を使いだした。

ゆっくりと構築されていく三つの魔法陣、しかし魔法が完成する前に順番にはじけ飛び、一番完成に近づいていたアンスルさんの魔法陣も発動前にはじけてしまう。

「これは難しいですね」

「ええ、本当に」

お弟子さん二人も他の方々のように難しいと口にするが、その表情は輝かんばかりの笑顔だ。

難しいという口調も渋《しぶ》いものではなく、まるで遠足前の子どものように高揚《こうよう》している。

思わず彼らの顔を見つめる私とは対照的に、周りにいた方々はやっぱりかと言わんばかりの表情だった。

うん、やっぱり似た者師弟《してい》だ。

難しい魔法に挑戦《ちょうせん》する時の楽しそうな笑顔がそっくりだもの。

「魔法の構築自体は今まではじけていたものと変わらんな。ツキナさん、どうやって成功させたんじゃ？　今まではわしらと同じようにはじけさせていたじゃろう」

「ええと、ですね。その……本当に申し訳ないのですが、私、出来る事は一通り試したつもりだったのですが、誰《だれ》かに補助をしてもらうという一番の基本を試しておらず……」

「えっ」

「なんと！　とっくの昔に試したと思っておったぞ」

「……申し訳ないです」

これればかりは本当に申し訳ない。

出来ない理由を必死に探していたのに、まさか一番に試すべき事を試していなかっただけだったとは。

救世主である事で助けられた事は多かったが、今回は完全に悪い方向へ作用していたようだ。

まさかの落とし穴だった。

世界の常識の違い、こんな小さな事でも大きな差が出るのか。

「という事は、つまり他の人間の補助を受けて成功させたのか」

「はい。昨晩思いついて」

私がイルの方を見ると、部屋の人間の視線がすべてイルに集まる。

私ならば一歩引いてしまいそうなほどの勢いだったが、イルは全く揺らぐ事なく口を開いた。

「昨晩、彼女に頼まれて魔法陣がはじけそうになるタイミングで補助を致《いた》しました。その状態で成功し、それを数度試した後は彼女がコツをつかんだようで一人で成功させましたので連絡《れんらく》した次第《しだい》です」

「ほう……よし、一度二人で使ってみてくれ。ツキナさんは普通《ふつう》に使ってくれていいが、出来る限り昨日二人で使った時の状態に近づけてくれ。ソウェイル、補助する力はお前が調節するんだ」

「はい」

机に歩み寄ってきたイルが軽く微笑《ほほえ》んでくれたので、昨日と同じように魔法を発動する。

重なった手から魔力が流し込まれ、魔法陣が青紫色《あおむらさきいろ》に輝き魔法が発動した。

「最後、魔法陣の色が違うな」

「二人で使うとこの色になります。おそらくですが、国花に魔力を込め川に流した際に変化した色が関係しているのかと」

「なんじゃと！」

これもアンスルさんに聞こうと思っていたのだが、その前に妙《みょう》に強い反応を返されてしまった。

きらきらした瞳が一層輝きを増している。

「二人とも、花は何色になった？」

「私が青、彼女は紫です。どちらも色合いは薄《うす》めでしたが」

「なるほど。ツキナさん一人だと紫、二人だと混ざって青紫、というわけか。これは個人の魔力には色がある事を肯定《こうてい》してくれるやもしれんな。研究したい事がまた増えたわ！　まだまだ死ねんのう」

楽しくて楽しくて仕方ない様子のアンスルさんとお弟子《でし》さん達。

どうしてだろう、すごく羨《うらや》ましく感じる。

魔法、私の生まれた世界にはない力、私にとって本当に興味深いもの。

新しい魔法については一段落ついただろうが、これからも個人で勉強してみたい。

どうやらやりたい事が……好きな事がまた一つ増えてしまったようだ。

「さて、先ほど話した通りおそらくこれを個人で使うのは難しいじゃろう。じゃが、協力し合えばどうじゃ？　元々複数人で組む形から始めれば使える人間も出るやもしれん」

「なるほど。兵士達からも選抜《せんばつ》します」

「ベオーク、うちの団員達からも数人リストアップしておいてくれ」

「了解《りょうかい》。俺も興味があるな。団長が補助を成功させているなら、まずは俺達で練習してみるのもいいかもしれん」

それぞれ所属する部署が同じ人達が話し合う中、アンスルさんが笑顔《えがお》を向けてくる。

「ツキナさん、ありがとう。まさか本当に新しい魔法の誕生を見る日が来るとは……わしも負けていられんな」

「……こちらこそ、本当にありがとうございます。アンスルさん達が協力して下さらなかったら、きっと完成しませんでした。作る事すら始めていなかったと思います」

あの日、ほんの少しの好奇心《こうきしん》で聞いた新しい魔法の作製について。

アンスルさんが強い口調で聞き返してくれなければ、やってみたいならやるべきだと諭《さと》してくれなければ、きっとこの魔法は作れなかった。

「そう言ってもらえるとわしとしても嬉《うれ》しい。ところでツキナさん、この後の事じゃが」

「え？」

優《やさ》しく微笑んでいたアンスルさんの笑顔が、ギラリとしたものに変わる。

視界の隅《すみ》でイルとベオークさんがそっと距離《きょり》を取ったのが見えた。

「この魔法、ここで終わらせるにはもったいない。魔法というのは作ってそこで終わりではない。例えばこの魔法を簡略化して必要なコントロール力を下げる、威力《いりょく》を上げる、効果を追加する……やる事は盛り沢山《だくさん》じゃ。そしてこれも頼《たの》みたかったのじゃが、結界玉の魔法も現状使えるのはツキナさんだけ、わしらも練習はしているがいまいち上手《うま》くいかん。そこでじゃ、これらの魔法の研究を手伝ってもらえんか？　もちろん国からも一定の金銭が支払《しはら》われる。ツキナさんも魔法に興味が出てきたじゃろう？　頻度《ひんど》は今までのように配達の後でいい。共に研究してみんか？」

ギラギラとした瞳《ひとみ》から、逃《のが》さないぞと言われている気分だ。

イルとベオークさんが少し距離を取った上にこちらを見ないようにしている理由がよくわか

った……ちょっと怖《こわ》いし。

これが私が嫌《いや》な事ならばイルが庇《かば》ってくれるのだろうが、彼は私が魔法の勉強を楽しんでいるのを知っている。

だからこそ何も言わずに距離を取っているのだろう。

一人でも続けようと思っていた魔法の勉強を、尊敬する人の傍《そば》で出来る。

この年で新しい勉強を始めるには最高の環境《かんきょう》だろう。

楽しい……オセルに来てよかった。

「こちらこそ、どうぞよろしくお願いします」

「うむ！　ではとりあえず王に報告じゃな。それに新たな魔法の完成を同盟国の研究機関にも知らせねばならん。色々と手続きはあるが……」

「そのあたりの手続きに関しては私はよくわからないので、アンスルさんにお任せする形で大《だい》丈夫《じょうぶ》ですか？」

「ああ、問題はないぞ。他《ほか》に何か希望があれば言っておくれ」

「希望ですか？」

「例えばわしらのような専門家が魔法を作り出した場合は、発表会のようなものをやる。じゃがツキナさんのように一般《いっぱん》の人間が作り出した場合は研究機関や国が代わりに表に立つ場合もあるのう。とはいえやりたいというならば本人に代表をやってもらうのが一番。こちらは全力で協力する形になる。相当名誉《めいよ》な事じゃからな」

「……ちょっと我儘《わがまま》なお願いでもいいですか？」

「新魔法《まほう》作製の功労者じゃ。いくらでも言ってみるといい」

本人がやるのが一番というが、別に私は地位や名誉は欲しくない。

救世主だという事を隠《かく》すのも目立たない為《ため》であって、いくら名誉な事でも発表会などで代表として動き回るのは遠慮《えんりょ》したい。

イルの妻になる事で覚悟《かくご》したが、どうしても私個人で目立つのは嫌だった。

だって、私が一番大切にしている場所はあくまであのブックカフェだ。

常連さんだけが来るような、ゆったりとした穏《おだ》やかな空間。

名前が知られてしまうのはもう仕方がない、元々回復薬の件で知っている人は知っているのだから。

でも……。

「私、今の自分のカフェが好きなんです。常連さん達がゆっくり過ごしてくれて、毎日数名のお客さんが来てくれるような空間が。ですから、あまり目立ちたくないです」

必死に研究しているアンスルさん達には申し訳ないが、あくまでも魔法は趣味《しゅみ》でしかない。

一番は読書、二番目は料理、三番目が魔法の勉強、私の趣味の順位はそんな感じだ。

彼らが研究に注ぐ情熱、私はそれを読書やブックカフェに注いでいる。

それが壊《こわ》されるのは絶対に嫌だった。

私がこの魔法を作りたいと思ったのは自分の身を守るためで、イルのためで、オセルの人達のためだ。

自分の名を世に知らしめるためではない。

渋《しぶ》い顔をされるかと思いながらもそう伝えると、返ってきたのはお叱《しか》りや説得の言葉ではなく、まるで私がそう言うのをわかっていたかのような笑みだった。

「そうじゃの。わしもあの空間が無くなるのは嫌じゃ」

「私達もお店はあのままであってほしいですね。こう言ってしまうのは申し訳ありませんが、人が少ないあの雰囲気《ふんいき》が好きですから」

「あそこが人気店になったら俺達の休憩《きゅうけい》場所が無くなってしまうからな」

部屋にいた常連さん達も次々と肯定してくれるのがとても嬉しい。

人によっては失礼な発言かもしれないが、私にとって人が少ないは誉《ほ》め言葉だ。

私の理想は、今のお店そのものだから。

森の奥深くにあるせいで、騎士《きし》団の常連さん達も家族を連れてくる事は少ない。

そもそも団員達がまとまって訪《おとず》れたとしても、一人ずつでゆっくり過ごす人が大半だ。

「あそこが人気店になったらイルがまた疲労《ひろう》で倒《たお》れちまうかもしれないしな」

「おい」

「あの時の団長殿《どの》は顔色が悪すぎましたからね」

「ようやく元気になったと思いきや、婚約者《こんやく》を見つけていたのには驚《おどろ》きましたが」

「そもそもあんな良い店を知ったなら早く紹介《しょうかい》せんか」

仕事モードは解除されたらしく、イルは至る所から突《つ》っ込まれていた。

彼にしては珍《めずら》しく狼狽《うろた》えているが、この場に集まっている人達はほとんど地位持ちの方なので仕方がないだろう。

こうやって地位に関係なくからかい合っている時の雰囲気も、オセルの好きなところだ。

その後色々と話し合った結果、私はアンスルさんの弟子扱《あつか》いという事になり、表に立つのはアンスルさんが引き受けてくれる事になった。

目立つ事で今の生活を壊したくないという理由もあるが、もしも他国が関《かか》わって来た場合にオセルに不利な事を言ってしまう可能性を考えるとそれも怖い。

そのあたりの線引きが、きっと私が一番苦手なものだ。

これももうちょっと勉強しなければならないだろう、騎士団長の妻が口を滑《すべ》らせるなんて絶対にあってはならない。

そう決めながらも、アンスルさん達に挨拶をしてからイルと二人で帰路に就《つ》く。

家に戻《もど》って二階のソファに座り込むと、どっと疲《つか》れが襲《おそ》ってきた。

「大丈夫か？」

「うん、ありがとう。イルも休みだったのにごめんね」

イルがテーブルの上に置いてくれたコーヒーにありがたく口をつける。

隣《となり》に腰《こし》掛《か》けたイルに疲れは見えないが、せっかくの久しぶりの休みを潰《つぶ》してしまった。

「むしろ置いて行かれた方が損をした気分になるさ。あの場にいた方々もそうだ、見に行かなければならないという気持ちよりも見たいという気持ちの方が強かった」

「それならいいんだけど」

「君こそ大丈夫か？　確実に前よりも忙《いそが》しくなるぞ」

「無理のない範囲《はんい》だってわかってるから大丈夫。それに……」

「それに？」

「なんというか、忙しくはなるけど嬉しい忙しさっていうか。一生かけて読み進める事が出来る大長編の本を手に入れた気分」

「それは……羨《うらや》ましいな、本当に。改めて、おめでとう」

「うん、ありがとう」

お礼を言ったところで、あ、と思い立ち、ソファの隣の洋服掛けからイルの制服を取った。

そこには以前私が作って渡《わた》した結界玉を加工したブローチがついている。

そのブローチに手を添《そ》えて、ゆっくりと魔法を発動した。

中に詰《つ》めていた結界の魔法が、新しい魔法に置き換《か》わっていく。

「よし、これでイルが怪我《けが》をしなくても発動するね」

「ああ、ありがとう」

「通常の結界玉も後で作るから持って行ってね。そっちは本当に最後の手段として」

「もちろんだ……仕事で何があっても必ず君の所へ帰ってくるからな」

「うん。私もアンスルさん達と一緒《いっしょ》にこの魔法の強化を頑張《がんば》るよ」

静かに笑う声が二つ揃《そろ》う。

元の世界にいたら確実に手に入れる事の無かった〝魔法〟という人生の愛読書。

それを手に入れた喜びをしっかりと噛《か》みしめた。


それから二日ほど経《た》ち、イルはまだ連休中だが私はカフェを開けている。

午前中に訪れたお城の方々からは魔法の件で祝いの言葉を貰《もら》ったし、「難しいんですけど！」なんて笑顔《えがお》の苦情を貰ったりもした。

新しい魔法の完成はすでにオセルや同盟国に発表されており、情報規制などもされていないのでおそらく世界中に伝わっていると思われる。

もちろん詳《くわ》しい魔法の構成や使い方などはまだだが、効果の簡単な説明や一般人が作り出した事、魔法に関しての代表者はアンスルさんだという事などは知られているようだった。

私も知人相手ならば特に隠さなくても良いと言われているし、もちろん王室関係者は私が製作者だという事を知っている。

ただ魔法の構成等は話してはいけないそうだ。

まあそれはそうだろう。

ハガルに知られて悪用されては敵《かな》わないので、資料はすべてアンスルさんに預けてある。

そんな訳で特に大騒《おおさわ》ぎになる事もなく、私のブックカフェはいつものように穏やかだった。

午後になった頃《ころ》にイルはベオークさんと遠乗りに行くと言って出かけて行ったので、結局いつものように店には私だけだけれど。

もっともイルが出かけてすぐにお客様としてブランが来てくれたので、お互《たが》いそれぞれの友達と遊んでいるだけとも言える。

ちょうど昼時を過ぎて間食するにも早い時間なので、店内にいるのは大量の食事を終えたブランだけだ。

山盛りの皿は自動で洗う魔法に任せつつ、ブランと約束していた試作品を作る事にした。

三つ完成させた試作品の内二つはがっつりした料理系だったので先ほど食事の際に出してしまったのだが、最後はデザート兼《けん》飲み物にするつもりだったので今からでも問題はない。

大きめのグラスに様々なフルーツを切ってたっぷりと入れ、透明《とうめい》な炭酸を流し込む。

気《き》泡《ほう》と共に浮《う》き上がるカラフルな果物がとても美しい。

この世界、炭酸はあれどほとんどがお酒として普及《ふきゅう》している。

私も普段は紅茶やコーヒーが多いのであまり気にしないのだが、時々町に出かけた時にメロンソーダやレモンスカッシュが飲みたいな、なんて思う事があった。

無いならば作ればいい、という事でせっかくならお店で出そうとフルーツソーダにしてみたが、ここまで作ると欲しくなってくるものがある。

完成したフルーツソーダにアイスクリームを一つ落として、そういえばブランだったと思い、もう一つ追加した。

メロンソーダよりもクリームソーダの方がお得感がある気がするので、アイスは必須《ひっす》だ。

私の分も作ってから、ブランの前に完成したアイス入りのフルーツソーダを置く。

簡単だし、と思いメニューに加える事にしたが、試《ため》しに作ってみるとこの世界独特のフルーツなどもあったりして組み合わせに苦労した。

結果自分好みの物が出来たので万々歳《ばんばんざい》だが、他《ほか》にも合う果物があるかもしれないとも考えている。

「これも試作品?」

「うん、でももうお店のメニューに追加するつもりではある」

口にしたブランの表情が満面の笑みになったので、どうやら好みに合ったようだ。

二人で食べ進めながら雑談を続ける。

「これ、さっき食べたケーキに使ってたシロップかけたらもっと美味《おい》しいかも」

「それもいいね。でもちょっと甘すぎるかなあ、シロップ別提供で考えるのもいいかも。果物も色々時期に合わせて変えようとは思ってるんだけど」

「もう少ししたら他国から良いのが入ってくると思うよ」

「え、どんなの？」

果物の話題から商品の話題、本の話題、町で見かけた動物の話題。

そうしてどんどん変わっていく話題の間に、本を返さなければと思い出した。

借り物という事もあって家に置いていたので、急いで二階に行って持って来る。

「ブラン、これありがとう！」

「ああ、役に立った？」

「うん、むしろこれのおかげで悩《なや》んでた魔法《まほう》が使えるようになった」

「え……貸した私が言うのもなんだけどこれ完全に幼児向けだよ？」

「その本に載《の》っているくらいの基礎《きそ》を唯一《ゆいいつ》試してなくてね」

「そんな事あるの？」

むしろ私にとってはあのくらいの本の方が有益かもしれない。

次に何か魔法で迷ったら本屋の幼児向けの棚《たな》を見に行こう。

苦笑いする私の顔を意外そうに見ていたブランだが、何か少し悩むそぶりを見せた後に口を開いた。

「あのさ、もしかしてって思ってたんだけど」

「え、なに？」

「オセルで作られた新しい魔法。製作者は一般人《いっぱん》ってなってたよね。あれってツキナでしょう？」

「……………え」

「一般人とは発表されたけどさ。伝達の早さが異常だし、関係者の名前が魔法関連の施設《しせつ》関係者じゃなくてお城や騎士《きし》団関係者ばかりだし。ちょっとおかしいなって思ってたんだ」

私に問いかけながらも確定事項《じこう》として話してくるブランに、なんと返していいのか言葉が見つからない。

いくら秘密にしなくていいとは言われていても、自分から誰《だれ》かに言うつもりは無かったのに。

「そんな事でわかるの？」

「何となくだけどね。お城にも高名な研究者はいるから一概《いちがい》には言えないけど、何か魔法に関する発表がある時に一般人が関《かか》わってると大体がお城以外の施設から発表されるから。それに私の場合はツキナが魔法得意なのは知ってるし、騎士団との関わりがあるのも知ってるからね」

「すごい観察力……」

「商売人には必須の能力だよ。というかそんな簡単に認めてもいいの？」

「知人には言ってもいい事になってるから」

どこまでが許されてどこからが許されないのか、生まれた世界が違《ちが》う事もあるがそもそも専門的過ぎてまったく判断が出来ない。

そのためイルやアンスルさんに何度も確認《かくにん》する事になってしまった。

「自動で発動する結界だっけ？　早く各国に使い方が発表されないかなあ。覚えれば行商中の怪我《けが》も減るし」

「やっぱり危なくはあるんだ」

「そりゃあね。今はオセルに泊《と》まり込んでるから魔物に襲《おそ》われる心配はないけど、結界の外に出たら魔物は普通に歩いてるから。襲ってくるとは限らないけどさ」

「そうなの？」

「好戦的な奴《やつ》は多いけど、全部の魔物がそうじゃないからね。たまにのほほんと寝《ね》てる奴とかもいるし。とはいえ懐《なつ》いてはくれないからいくら可愛《かわい》い見た目でも近寄れないけど」

魔物は元の世界でいう猛獣《もうじゅう》のような存在だとはわかっていたものの、こうして聞くと本当にそうなのだと実感する。

動物園にいるライオンとか熊《くま》とかも可愛かったし。

「でもブランがそう思ってるならちょうど良かったよ」

「え？」

きょとんとするブランの前に、本と共に持ってきた物を置く。

「ネックレス？」

「うん。私からのお礼。ブランが本を貸してくれなかったら本当に実現できなかったから」

私が置いたのは革紐《かわひも》で出来たネックレスで、先端《せんたん》に結ばれた雫形《しずく》の水晶《すいしょう》には暖炉《だんろ》の火が映り揺《ゆ》らめいていた。

よくよく見るとわかるのだが、映り込む火の奥には魔法陣《まほうじん》が浮かんでいる。

「……ツキナ、これって」

「新しく作った魔法が入ってる。他国の友人にあげても良いっていう許可も貰《もら》ってるよ」

「私、に？」

「うん。本格的に完成させたやつはまだ私とイルしか持ってないから、これが三個目だね」

研究用に結界玉として作った物はお城に預けてあるが、誰かに使ってもらおうと作った物はこれが三個目だ。

これから量産体制に入ると発表されているので、これは試作品一号のようなものだけれど。

「友達が怪我するところなんて見たくないし。ブランが無事でありますように、って思って。これがあればブランも怪我の可能性をぐっと減らして行商が出来るでしょう？　オセル以外の場所に行商に行っても多少は安全だよね」

私の声に返事をしないまま、ブランはネックレスを手に取った。

少しだけ手が震《ふる》えている気がする。

「ブラン？」

「……君は、私の無事を祈《いの》ってくれるんだね」

「え、当たり前でしょう。万が一使ったら言ってね。また新しいのを渡《わた》すから」

「そっか。うん、うん」

手のひらのネックレスを包み込むようにしてぎゅっと握《にぎ》りしめるブラン。

俯《うつむ》いたブランの顔は見えず、なんだか声もかけにくい雰囲気《ふんいき》だ。

どうしたものかとブランのつむじを見つめていると、しばらくしてブランは顔を上げた。

「ありがとう。代わりに守るよ、君の事……絶対に、守るから」

「……どうかしたの？」

様子がおかしいと問いかけてみても、ブランは笑うだけだった。

ただ誤魔化すような笑い方ではなく、なんだかすっきりしたような雰囲気だ。

握っていたネックレスを嬉《うれ》しそうに首にかけている。

「……じゃあ、お言葉に甘えるよ。もしも一緒《いっしょ》にいる時に私が死にかけたら護衛よろしく」

「うん、まかせて」

なんだろう、数か月の付き合いとはいえ長時間一緒に過ごす事も多いのでブランの雰囲気にには慣れていたはずなのだが。

常に少しあった陰《かげ》のような部分が全部取り払《はら》われて、ミステリアスな雰囲気が無くなったように感じる。

しかし嬉しそうにフルーツソーダのアイスを突《つっ》き出すブランを見ていると何も言えない。

ブラン自身はご機嫌《きげん》なので、すぐに雑談に戻《もど》ったのだけれど。

そうしてしばらく話し込んでから席を立つ。

ブランはまた読書に戻る頃合《ころあ》いだし、そろそろお客様が来てもおかしくはない時間だ。

二人で使っていたテーブルのグラスを片付け、カウンター内へと戻る。

「あ、ツキナ。さっきのフルーツソーダ注文させてもらってもいい？　フライの盛り合わせもお願い」

「了解《りょうかい》でーす」

雰囲気は一気に変わったが、食欲は変わらないらしい。

だがブランが元気ならばそれでいいので、キッチンでフライを揚《あ》げ始める。

フライドポテトとかナゲットとか、元の世界のファーストフード店で売っているようなものは団員達にも人気のメニューだ。

元は私が食べたくて作った物だけど。

店のメニューも自分が食べたくて作った物ばかりだな……まあいいか。

フライをすべて揚げ、ブランのもとへと運んだ時だった。

来店を告げる音楽が頭の中で鳴り響《ひび》き、ぱっと扉《とびら》の方を見る。

「いらっしゃいませ」

「こんにちはツキナさん、じゃますするぞ」

「アンスルさん！　こんにちは」

最近はこの一見すると怖《こわ》く見える顔も見慣れたなあ、なんて思いながら席を選んだアンスルさんのもとへ向かう。

今ブランが座っている場所に少し近い席は、アンスルさんが気に入ってよく座る場所だ。

そういえばこの二人が顔を合わせるのは初めてではないだろうか。

大体どちらかが帰るともう片方が来る感じだったし。

「とりあえず紅茶とクッキーを頼《たの》む。それとドーナツの盛り合わせだな。チョコレートたっぷりで頼むぞ」

「はい、少々お待ち下さい。こちらお預かりしていた本です」

相変わらずの激甘メニューだが、この人はそれだけ糖分を必要としているのだろうと最近は思うようになってきた。

読みかけで預けられていた本は難解な火の攻撃《こうげき》魔法についての本で、攻撃魔法の使えない私にとっては絶対に使う事など出来ないレベルの物だ。

「すまんなツキナさん。取り置いてもらっていたのに申し訳ないが、今日は別の本を読みたくてのう。新しく良い本を仕入れたとソウェイルが言っておったぞ」

「イルが？　ああ、わかりました。お持ちしますね」

最近仕入れた本の中にアンスルさんの興味を引きそうな本が一冊あった事を思い出した。

今日本棚《ほんだな》に入れようと思っていたので、カウンター内から取り出して彼に手渡す。

「おお、これじゃ。以前から興味があっての。預けていた方は一度返そう」

「ではこのまま戻しておきますね」

ほくほくとした顔で本を開いたアンスルさんの注文の品を作るためにカウンター内へ戻る。

その途中《とちゅう》に本棚に戻そうとしたのだが、私の持つ本を見たブランが「あっ」と声を上げた。

フライの盛り合わせはもう半分ほどに減っている……三人分くらいあるメニューなのに。

「ブラン、読む？」

「うん、ありがとう。この本の最後に載《の》ってる魔法《まほう》がもう少しで使えるようになりそうなんだ」

「これが使えるの？　すごい……」

「ツキナから見たら全部の攻撃魔法が難解だもんね」

「人の吐息《といき》くらいの威力《いりょく》しか出ないからね」

ちょっと情けないが、使えないものは仕方がない。

平和ボケした私は誰《だれ》かを傷つけるイメージをどうしても拒否《きょひ》してしまうので、いまだに攻撃魔法は使えないいままだ。

「最後に載ってる魔法じゃと？」

私達の会話が聞こえていたらしく、アンスルさんから驚《おどろ》きの声が上がった。

ブランも気にした様子はなく、肯定《こうてい》の言葉を返している。

何やら二人で話し始めたが、とりあえず私は注文の品を仕上げるためにキッチンへ戻る事にした。

狭《せま》い店内なので会話は聞こえるけれど。

「いきなり申し訳ない、アンスルという」

「ブランと申します」

「おお、団員達が話していたのはあなたの事でしたか。他国から行商に来られている、と」

「ええ。この店で会う団員さん達にはよくしていただいております」

「良い商品が多いと聞いたからの。わしも町で見かけたら寄らせてもらおう」

「ありがとうございます」

「それにしてもこの魔法が覚えられそうなのか。うちの団員でも使える人間は限られておるぞ」

「火の魔法は得意なんです。ただ後少しのところで上手《うま》くいかなくて」

「ほう、どのあたりじゃ？」

「ここの段階で……」

二人の間で専門用語が飛び交《か》い始める。

初対面にもかかわらずそれなりに白熱しているようだ。

ああでもないこうでもないと話し合っていたが、アンスルさんの注文の品を作り終えた頃にはブランが魔法を使えるようになっているという状況《じょうきょう》だった。

優秀《ゆうしゅう》な人同士が話し合うとこうもあっさりいくのか。

この店で話して仲良くなる人達は結構見てきたけれど、目の前で友人と師が会話しているのは不思議な気分だ。

……この年になって誰も自分を知らない新天地に来て、そうして一生を共にしたいと思えるような恋人《こいびと》が出来た事は奇跡《きせき》のようなものだと思っていたけれど。

気の合う友人と尊敬出来る師が出来るという事も、本当に奇跡のような事なんだろう。

「ありがとうございます。これで一つ魔法が使えるようになりました」

「いやいや、それにしても凄《すさ》まじい知識量じゃのう。うちの研究室に欲しいくらいじゃ」

「……光栄です」

何となく嬉しい気持ちで見守っていた二人の話が一段落したところで、ちょうど完成した料理を運ぶ事にした。

注文の品を宙に浮《う》かせたお盆《ぼん》に載せて、さらにもう一つのお盆にブランのフルーツソーダを載せる。

せっかくだしお世話になっているアンスルさんにも出そうと思い、ソーダは二つ作った。

「おまたせしました」

「わ、ありがとう」

「アンスルさん、よろしかったらこちらもどうぞ。新しくメニューに追加しようと思っているんです」

「おお！　美味《うま》そうじゃ。ありがとう」

そこからはいつも通り、それぞれ食事をしたり本を読んだりと思い思いに過ごす事になった。

私もカウンター内の椅子《いす》に腰掛《こしか》け、ゆっくりと本を読み進めていく。

しばらく経《た》っても他《ほか》のお客様は来ず、静かな時間が続いた。

やはり私のブックカフェはこのくらいの緩《ゆる》さがちょうどいい。

時折アンスルさんとブランが話したり私が二人と話したりしながら、時間は過ぎていく。

「あ、そうだ。このケーキも今度出そうと思っているんですけど、良かったら二人で味見していただけませんか？」

「え、いいの？」

「うちの店でデザートをがっつり食べてくれるのはお二人だけなので」

「美味いからのう。他の店にも美味い物はたくさんあるんじゃが、ツキナさんの店は少し違《ちが》った美味さというか」

「珍《めずら》しい感じの味付けの物も多いですよね」

二人でわいわいと料理の味について語りだすのを聞いていると、なんだかむずむずしてくる。

珍しい味付けは、メニューを考えた頃《ころ》の私の舌がこの世界の味をまだよく知らなかったのも原因だろう。

元の世界の味とこの世界の味、材料自体が違う事が多いので味の差はどうしても出てくる。

この料理が食べたい、と思っても材料になる具材が無くて、似た物を探して色々食べていた頃が懐《なつ》かしい。

最終的に意気投合した二人からケーキの改善点などを聞きつつ、楽しい時間は過ぎていった。

そうして夕方になった頃、初めに席を立ったのはアンスルさんだった。

「いやあ、今日は新作を二つも食べられて運がよかったわい。正式にメニューに入ったら注文するからの」

「ありがとうございます」

「私も、ありがとうございます。おかげさまで魔法を一つ覚える事が出来ました」

代金を払《はら》うアンスルさんのもとへ席を立ったブランがお礼を言うと、アンスルさんは気にするなと言いながらブランの首元を見つめた。

そこには私がブランに渡《わた》したネックレスがある。

「……なるほど」

意味ありげに呟《つぶや》いたアンスルさんが振《ふ》り返り、今度は私の方をじっと見つめる。

彼の強面《こわもて》には慣れたが、見透《みす》かすような目でじっと見つめられると謎《なぞ》の緊張感《きんちょうかん》でどきどきしてしまう。

何かしただろうかとも思ったが、それを聞く前にアンスルさんは再度振り返り、今度はブランをじっと見つめる。

さすがのブランも気圧《けお》されたのか、少しどぎまぎしながら戸惑《とまど》っているようだった。

「ブラン殿《どの》は、この店は好きかね」

「え、ええ、もちろん」

「そうかそうか」

意味ありげにそう言ったアンスルさんの表情はこちらからは見えない。

ブランはひたすら戸惑っているものの特に怯《おび》えている感じでもないので、彼も笑顔《えがお》のままだとは思うのだが。

「あ、あの……」

戸惑いながらも声をかけると、最後にアンスルさんは私の顔を見て笑った。

その笑顔は最近頻繁《ひんぱん》に見る新しい研究テーマを見つけた時のようなわくわくした表情に似ているが、少し優《やさ》しげにも見える。

「うむ、まあ大丈夫《だいじょうぶ》じゃろう」

「え？」

「ところでソウェイルの奴《やつ》はどうしておる？」

「ええと、今日はベオークさんと遠乗りに行くと言っていました。そろそろ帰って来ると思いますが」

「それはちょうどいい。ありがとうツキナさん」

「は、はあ……」

戸惑う私達に何か言うでもなく、アンスルさんは挨拶《あいさつ》をして店を出て行ってしまった。イルの事を確認《かくにん》した割に待つ訳でもなければ伝言を残す訳でもない。

思わずブランと顔を見合わせるが、お互《たが》いによくわからない状態は変わらなかった。

「なんだったんだろう？」

「さあ……でもなんというか、あの方の名前は知られているから私も知っていたけど、ああやってじっと見られるとちょっと怖《こわ》いというか」

「隠《かく》し事なんて出来ません、って感じだよね」

「なんか気圧されちゃったよ。とりあえず私も今日は帰ろうかな」

「そっか。じゃあ、またね」

「うん、また。今日はいろいろありがとう」

ネックレスを軽く握《にぎ》って笑うブランが代金を払って店を出て行き、誰《だれ》もいなくなった店内が静まり返る。

閉店時間も近いし、今日はもうお客さんは来ないだろう。

もう片づけを始めてしまおうと決めてキッチンへと戻《もど》った。

閉店時間になった頃にはイルが帰って来て、今日の私の仕事は終わりだ。

そして夕食後、今日は本を読まずイルとテーブルを囲んでいる。

「これ、結構頭使うね」

「だが楽しいだろう」

「うん……いや、イル本当にこのゲーム初めて？　強くない？」

「さっき二人で説明書を読んだだろう。駒《こま》の配置が複雑すぎて苦労しながら準備したばかりじゃないか」

テーブルの上には、今日イルが買ってきたボードゲームが広がっている。

テレビやパソコンがないこの世界ではこういった物が主要の娯楽《ごらく》として普及《ふきゅう》しており、楽しい物も多い。

しかし職業柄《しょくぎょうがら》か、戦略性の強いゲームでは私はなかなかイルに勝てなかった。

悩《なや》みながら駒を選び、盤上《ばんじょう》を進めていく。

イルのターンになったところでボードゲームの横に置いておいたお酒を口に含《ふく》み、つまみ用に用意したナッツを一つ口に放《ほう》り込む。

基本読書ばかりの私達だが、イルが連休になった時なんかはこうして晩酌《ばんしゃく》しながらゲームをする事も多い。

ゆっくり話し合える時間でもあるし、お風呂《ふろ》上がりのリラックスタイムでもある。盤上を見つめて悩みながら前髪《まえがみ》をぐしゃりとかきあげるイルは寝巻《ねまき》だし、髪もまだ少し湿《しめ》っていた。

私も似たようなものなので、今何かあったとしても確実に人前には出られない。いざとなれば魔法《まほう》でどうにでもなるけれど。

「そういえば今日、アンスルさんにイルはどうしてるかって聞かれたけど」

「ああ、一度通信が入ったよ。確認したい事があったようだな」

「そうなんだ、伝言とかは貰《もら》わなかったから大丈夫かなって思ってたんだ」

「急ぎの用事ではなかったからな。ただ明日は午前中に一度騎士《きし》団に顔を出してくる」

「了解《りょうかい》。じゃあ朝は普通の時間に起きるの？」

「そうだな、午後は休みだから家に帰って来るが」

「それでソファの横に本が積んであるんだ」

「連休中なら大長編を集中して読めるからな」

詳《くわ》しく話さないという事は私には言えない事か関係のない事なんだろう。

特に気にせずに雑談を交《か》わしながら盤上を見つめる。

「それと城からの言伝《ことづて》なんだが、店の結界の調整は毎日やるように、だそうだ。今日は俺が家に入る前にやっておいた」

「城の人間が見張っていたハガルから来ていたらしき人物達が、まとめて撤退《てったい》したんだ」

「やっぱりオセル内にはいたんだね」

「色々と探《さぐ》っていたようだったからこちらも対策と監視《かんし》はしていたんだが、一気に撤退となると逆に怪《あや》しくもある」

「え」

「式も近いもんね。何かの準備の可能性もあるって事でいい？」

「ああ。ここは店だからな、閉鎖《へいさ》するわけにもいかないし結界は国からお墨付《すみつ》きをもらっている。しっかり調整だけはしておくように、だそうだ。条件付きとはいえ結界が機能していれば城以上の守りだからな、この店は」

「私やお店に悪意を向けた瞬間《しゅんかん》はじき出されるからね。明日から朝一で調整するよ」

「俺も気が付いたら見ておく……よし、俺の勝ちだ」

「えっ？　ああっ、負けてるし。もう、絶対初めてじゃないでしょう」

「残念ながら初めてだ」

「悔《くや》しい……もう一戦しようよ」

「ああ、まだ時間もあるしな」

得意げに笑うイルの顔に悔しさを覚えて再戦を申し込み、駒を並べなおす。

こういう面で負けず嫌《ぎら》いなのは二人とも同じなので、私が勝った場合もイルから再戦を申し込まれる事がほとんどだ。

運要素が絡《から》んだ時や元の世界にも同じ物があった場合なら私も勝てるのだが。

イルが得意なチェスなんていまだに負け越《こ》している。

「そろそろティーツさんも戻ってくるかな？　式には参列してくれるって言ってたし。またチェス教えてくれないかな」

「俺よりも強い人間に教わるのはずるくないか？」

「ティーツさん強いよね、お店で勝負した事あるけどかなりのハンデをつけてもらったのに惨《ざん》敗《ぱい》だったよ」

「俺もいまだに一勝も出来ていないからな。ああ、そういえば今日ベオークに聞いたんだが」

「何かあったの？」

「ハガルが何か企《たくら》んでいる件は各国でも警戒《けいかい》されていてな。それを知ったヨウタ殿《どの》が各国にいる救世主達に声をかけて連携《れんけい》を取る事にしたそうだ。相当尽力《じんりょく》したらしい」

「本当？　相変わらずすごい人だなあ」

きらきらと輝《かがや》く太陽のような笑顔を思い出す。

以前の騒動《そうどう》の際に「ツキナさんの方がよほど救世主として働いている」とヨウタさんに言われた事があったが、とんでもない。

失敗を糧《かて》に前へ進み、新しい可能性を見つけて仲間を増やしていく彼の方がよほど救世主だ。

秘密にしたいという私の意思を汲《く》んでくれているのも本当にありがたい。

「大魔法を使えるという事もあって、救世主の集まりの代表のような存在になったぞ。ハガルは相当動きにくくなったはずだ。なにせ救世主同士が結びついた事で新たに同盟を組む国がどんどん出てきているからな」

「今までは救世主の協力体制って無かったの？」

「無かったな。皆《みな》単独でそれぞれの国で動いていた。同盟国同士での協力はあったようだが、ここまで多くの国での協力体制は初だ」

「そう考えるとヨウタさんの働きってすごい事だよね。ハガルには救世主はいないし、相当な抑止力《よくしりよく》になりそう」

「それにヨウタ殿は今は同盟国にいるとはいえ所属はオセルだ。君が張った結界がある事も含めて、各国がオセルを中心に動き始めている。これでハガルの国民の生活も向上する方向にもっていければいいが」

ハガルは大国ではあるが、上流階級と一般《いっぱん》市民の差が大きい国だ。

だからこそ問題視されている国ではあるが、軍事力が強く資金面も強いらしい。

もしも今回の事がきっかけでそういう部分も改善されるとしたら、それこそがヨウタさんが目指していた救世主としての働きなのではないだろうか。

「私はヨウタさんみたいに大々的には動けないけど、その分はあの魔法の研究で頑張《がんば》るよ」

「ああ、ありがとう……ところでツキナ」

笑顔《えがお》のイルから声をかけられて彼の顔を見る。

いつもの穏《おだ》やかな笑みではなく少し得意げな笑み。

彼がこの笑顔をする時は……気が付いたとほぼ同時にテーブルの上の盤面を見る。

いつの間にか私の駒は追い込まれており、イルの手が最後の一手になる駒を動かしたところだった。

「俺の勝ちだ」

「ま、また負けた」

「どうする？　もう一戦するか？」

「……この間買ったやつにしよう、あっちも面白《おもしろ》いし」

ゲームチェンジを提案すると、イルの笑みが引きつった。

買ったばかりのもう一つのゲームは、今回と違《ちが》って私が勝ち越している。

「いいだろう、今度こそ俺が勝つ」

「さすがに負け越しは勘弁《かんべん》だから、こっちは勝たせてもらうよ」

イルがテーブルを片付けている間にもう一つのゲームを持って来る。

絶対このまま白熱して夜中に突入《とつにゅう》するんだろうな、と確信しながら。

結局その予想は当たり、勝負はゲームを変えて何戦も行われる事になった。

イルが午前中に出勤でなければもっと遅《おそ》くまでやっていただろうが、職業的に睡眠《すいみん》不足はまずいので途中《とちゅう》で切り上げたのだ。

朝になってイルがお城へ行くのをいつものように見送る。

「じゃあ行ってくる」

「いってらっしゃい。お昼ご飯は用意して大丈夫《だいじょうぶ》？」

「ああ、頼《たの》む」

「後、お城に行くならこれお願いしてもいい？」

アトラの横に立つイルに手に持っていた箱を差し出す。

不思議そうに受け取ったイルの姿を見て、あの日の事を思い出した。

箱の中身を見たイルが硬直《こうちょく》するのもあの日と同じだ。

「ツキナ、これは……」

「新しい魔法《まほう》の練習は毎日やってたんだけど、そのまま効果だけを確かめるのはもったいないから全部結界玉に詰《つ》めてたんだよね。お店の空き時間でもやってたからいっぱい出来ちゃってさ。こんなに持っていても仕方がないし、お城で使って」

両手で抱《かか》えるサイズの箱の中にみっちりと詰まった結界玉には、すべて私が作った新しい魔法が込められている。

商品として販売《はんばい》を始める事にはなっているが、アンスルさんに練習で出来た物は寄付させてくれと頼み込んだ。

まだ恋人《こいびと》になる前、イルが大怪我《おおけが》をして泊《と》まり込んでいた日々の終わりの日。

結界玉の価値なんて知らなかった私は、城へ帰るイルに今と同じように練習中に出来た結界玉を騎士《きし》団で使ってくれと手渡《てわた》した。

今思えば、あれが私が回復薬などを騎士団に納めるきっかけになったんだ。

「アンスルさんに許可は貰《もら》ってるよ。騎士団以外の兵士さん達にもある程度行き渡ると思う。さすがに全員分にはまだ足りないけど、良かったら使って」

手に持った箱と私の顔を見比べていたイルが、噴《ふ》き出すように笑う。

「まったく、俺があの時どれだけ緊張《きんちょう》したと思っているんだ。無造作に城が買えるレベルの結界玉を渡された気持ちがわかるか？　自室の机の上に置くまで冷や汗《あせ》をかきっぱなしだったんだぞ」

「割れたらまた作るよ？」

「そういう問題じゃないんだが……ありがとう。大切に使わせてもらう」

「うん。いってらっしゃい」

私の額に唇《くちびる》を押し付けて、イルがアトラの上へ飛び乗る。

高い位置に行ってしまったイルの顔は、私を見下ろして優《やさ》しく微笑《ほほえ》んでいた。

「以前も言ったが、君もしっかり救世主としての働きをしている。皆が皆、同じ動きをする必要など無い。君の作る道具や魔法は確実にオセルの役に立っている。もちろんこれもありがたく使わせてもらうからな」

「……ありがとう」

私のお礼を聞いたイルはアトラと共に走り出し、森の向こうへ消えていった。

やっぱり気づかれていたか、と少し気まずくもあり嬉《うれ》しくもある。

救世主という事を隠《かく》すと決めたのは私で、けれど何かあれば動くと決めたのも私。

その『何か』は今でなくていいのだろうか？

まだ決定的な事は起こっていない、むしろ今動けば何もないのに救世主だという事が知られてしまうのではないだろうか。

気持ちの変化、そして出来る事が増えた事で悩《なや》みも増えた。

知られても仕方がないけれど、出来れば知られたくない。

絶対に知られたくないと考えていた時よりもずっと、動かなければならないタイミングを計るのは難しいのだと実感する。

「まだ……まだ動かない」

振《ふ》り返れば、私の理想を詰め込んだブックカフェ。

たとえ我儘《わがまま》でも私はここを、今の穏やかな日々を手放したくはない。

けれど親しくなった人が増えたからこその罪悪感だってもちろんある。

ヨウタさんに表立って協力しない事への罪悪感を、イルは感じ取ってくれたんだろう。

「助けられているのは私だよ」

イルにも、そしてオセルの人々にも。

「イルが帰ってくるまで本の整理でもしようかな。それと回復薬と結界玉の在庫確認《かくにん》と……いや、掃除《そうじ》が先かな」

譲《ゆず》れない事はあるけれど、それでも出来る事はまだまだある。

とりあえず今は、イルが帰って来た時に心置きなく本が読める環境《かんきょう》でも整える事にしよう。

第五章　大好き

少しの時間が過ぎ、私の結界玉はお城関係者に行き渡る事になった。

同時に魔法の研究も進めてはいるがいまだに使える人はおらず、以前のように結界玉頼《だの》みの状態だ。

やはり簡単に改善案など出ない事を痛感させられる。

新しい魔法が出来た事自体が奇跡《きせき》のようなものなので仕方がないのだが。

ただ私にとっても嬉しい事はあって、お城の関係者に新しい結界玉が行き渡ったので、今までの結界玉を一般《いっぱん》の人々に貸し出す制度が出来上がったのだ。

高級品ではあるし他国に売り渡されても困る道具ではあるので、町の外に出る際にお城に申《しん》請《せい》して人数分借りて、戻《もど》ってきた際には返却《へんきゃく》、という形ではあるのだが。

新しい方ではないので怪我《けが》を防ぐ意味よりも命を守る最後の手段になるという意味でだが、それでも重宝されているのが本当に嬉しい。

そしてイルと私の結婚《けっこん》式の具体的な流れ等も正式に確定となり発表され、その流れで魔法の製作者が私であるという事も公表された。

王族の方々からの反対意見が無いとはいえ、地位の無い私が騎士団長であるイルに嫁《とつ》ぐという意味では相当な功績と立場を貰えたと思う。

元々回復薬の件では名前が知られていたので、追加分として考えればあまり変わらないし。

現に町の人達からは魔法に関しての賛辞よりも結婚に対する祝いの言葉を多く貰っている。

何もかも順調で、後は結婚式当日のハガルの動向が不安なくらいの日々。

事が大きく動くとすれば結婚式前日、それが私やイル、そしてオセルの王城関係者の共通認識だ。

それを肯定《こうてい》するようにハガルは不気味な程《ほど》に動かず、結婚式の日は近付いて来ている。

今もしっかりお城の方々が見張ってくれているので、私は大魔法の結界の様子を気にしつつ魔力を補充《ほじゅう》したりする日々だ。

そうしてある程度の警戒《けいかい》はしつつ、式への準備を進めていった。

とはいえ日常を壊《こわ》すような忙《いそが》しさはないので、今日も今日とて私はお店を開けている。

イルは休みなので二階にいるが、昨日彼が楽しみにしていた新刊を入れたので今日は朝からずっと読書タイムだ。

お気に入りの椅子《いす》の上で本を開いていたので、お店に出しているティーセットと同じ物を置いてきた。

これでいつでも温かい紅茶やコーヒーが飲める……完全にセルフサービスだけれど。

時々様子を見に行かないと昼食を抜《ぬ》いてでも読み進めるだろう。

お昼過ぎのお客様がいなくなったタイミングで様子を見に行かなければならない。

私も人の事は言えないが、この前私がその状況《じょうきょう》だった時はイルに声を掛《か》けられたのでそこはお互《たが》い様だ。

二人揃《そろ》ってやらかす事もあるが、そこはもう似たもの夫婦《ふうふ》としてベオークさんにも呆《あき》れられているレベルなのでしかたがない。

この間は二人でソファに並んで座って読んでいたにもかかわらず、気が付いたら外が真っ暗だったし。

しかし今日は私が仕事なのでイルに声を掛ける事は出来るだろう。

頭の中で色々と計画を立てながらお皿等を準備していると、入り口が開いた。

「いらっしゃいませ、あ」

「……こんにちは」

扉《とびら》を押し開けて入って来たブランはいつものように笑っていたけれど、見てすぐに判断出来るほど雰囲気《ふんいき》が硬《かた》い。

何かあったのだろうか。

こちらに歩み寄って来たブランは、雪除《ゆきよ》けのマントすら取らず私の正面のカウンター席に腰《こし》掛《か》けた。

「どうかした？」

ブランは私のそんな問いには答えず頬杖《ほおづえ》をついて、泣きそうな顔で笑っただけだった。

どう見てもおかしい。

「ブラン？」

問いかけてみても返事は無く、ブランは視線を店内へ向けてぐるりと見回した。

そうして私の方に向き直り、大きく息を吐《は》きだす。

「……ねえ、おかしいと思わなかった？」

ようやく発した声は少し震《ふる》えていて、どこか投げやりにも聞こえる。

ただその視線だけは、まっすぐに私の目を見ていた。

「何が？」

「君は婚約者がいるからと、頑《かたく》なに他《ほか》の男性と二人きりで出かけようとしなかった。ヨウタに誘《さそ》われた時もきっぱり断っていただろう？　彼は城内で魔物《まもの》に襲《おそ》われた君を助けた恩人でもあるのに。どうして彼の誘いは断って、私の誘いは受けてくれるの？」

「それは……え？」

笑顔《えがお》のままのブランの顔をじっと見つめる。

私がヨウタさんに二人で出かけないかと誘われて断った事は、騎士《きし》団やお城の人達は知っていても他国の行商人であるこの人が知っているはずもない。

お城での魔物騒動《そうどう》なんてなおさらだ、あれはいまだに緘口令《かんこうれい》が敷《し》かれる程の出来事だというのに。

もちろん私は話していない、口を滑《すべ》らせてもいない、イルの仕事に関《かか》わる部分の話は誰《だれ》が相手だとしても簡単に漏《も》らしたりはしない。

そしてどちらもお城の関係者だけが踏《ふ》み入る事の許される場所での出来事だったし、今も一般の人には知られていないままだ。

そもそも、私はブランにヨウタさんとの関わりなんて話していない。

騎士団に出入りしている事は知られているけれど、そこから想定したのではない事くらいわかるし、まるで見てきたような言い方だった。

百歩譲《ゆず》ってヨウタさんの事は誰かに聞いたとしても、私が魔物に襲われた事を話すような人がいるはずはないのに。

心臓がバクバクと音を立て始める。

嫌《いや》な予感が湧《わ》き上がってきそうで、それが気持ち悪くて認めたくなくて、胸元《むなもと》をぎゅっと握《にぎ》りしめた。

「なんで、知ってるの？」

声が震える。

やめて、と叫《さけ》びたい。

だって他国の人間であるこの人がお城の重要機密を知っているなんておかしい。

知っているとすれば城関係者か……情報を探《さぐ》っていた人物になってしまう。

私の様子を見て自嘲《じちょう》するような笑みを浮《う》かべたブランは、その手を伸《の》ばして私の手を取る。

私の片方の手はブランの両手にしっかりと包まれてしまった。

中性的で私と同じくらいの大きさの手は、異様に冷たく感じる。

「ほら、こうやって簡単に手を取られる。私は性別を公言していないのに。もしかしたら男かもしれないね。そのあたりは婚約者である騎士団長さんに気を遣《つか》っているはずの君なのに、一《いっ》切拒否《さいきょひ》しない」

そんな風に言われているのに、私の体は振《ふ》り払《はら》うという選択肢《せんたくし》を取ってくれない。

包まれている手に対しても嫌悪《けんお》すら感じず、危機感も浮かんでこない。

よくわからない焦燥感《しょうそうかん》だけが心を占《し》めている。

「騎士団長さんだってそうさ。私は客とはいえ君と二人きりで多くの時間を過ごして、最近ではよく一緒《いっしょ》に遊びに行く相手だ。この店で私達が親しげにしている様子を見ても疑問を抱《いだ》く様子も無いし、私の性別がわからないにもかかわらず何も気にした様子が無かったね」

言われてから気が付いた。

確かにブランとは何度も二人きりで遊んだりしていたが、それをイルに詳《くわ》しく聞かれた事はない。

軽く話題にする事はあったが、ブランが言った通り性別がわからないと告げても気にした様子もなく、確かにと笑っただけ。

正直、私もイルも嫉妬《しっと》する方だと思う。

二人きりで遊ぶ相手が異性だと拒否感はあるし、それをお互いに理解しているのでしっかりと話し合うはず。

けれどブランに限っては一緒に遊んでくる、と告げてもイルは行ってらっしゃいと笑うだけだし、私自身も説明の必要性すら感じていなかった。

こうして手を取られていても急いで離《はな》さなくては、とも思わない。

ブランが男性である可能性だってあるにもかかわらず、だ。

結婚《けっこん》間近の婚約者が二階にいるのに、性別がわからない相手にこうして手を握りこまれているのに。

手を取られたまま、正面の顔を見つめる事しか出来ない。

何かを吐き出すように話し続けるブランの顔は、今にも泣きだしそうに歪《ゆが》んでいる。

「当然の事さ、私はそういう風に作られているんだ。懐《ふところ》に入った相手もその周囲の人間も私を疑わないような魔力を身に纏《まと》っている。そして親しくなればなるほど、その効果は高まるんだから」

「ブラン、何を言っているの？　何の話？」

「初めは偶然《ぐうぜん》だったよ、たまたま新しい救世主であるヨウタという男を探るためにこの国に来た。そして偶然この店を見つけて、居心地《いごこち》が良いからと数度来店して、君が騎士団長の婚約者だと知って……情報が手に入るかもと通うようになった。もっとも君はオセルの不利になるような情報は決して話してはくれなかったけれど」

「…………」

声が出ない、だって、私の頭の中に浮かんでいる最悪の想像。

口に出したら現実だと認めてしまう。

ブランはずっと、泣きそうな顔で笑っているだけだ。

「そうだよ、君は本当は私を……一番警戒《けいかい》しなくちゃいけなかったんだ」

詳しい事は何一つわからない、想像しか出来ない。

しかし急いでこの手を振り払って、二階で読書中のイルを呼ばなくてはいけない状況《じょうきょう》だという事だけはわかっている。

けれど、こらえきれない様子で涙《なみだ》を一つ零《こぼ》したブランの手を振り払う事がどうしても出来ない。

せめてその表情が私への悪意に満ちたものだったらよかったのに。

「楽しかったな。誰かと本屋に行くなんて初めてだったし、これが美味《おい》しいだとかこれが好きだとか、そんな話をしたのは初めてだった。利用出来そうだから通ってきていたのに、いつの間にかこの扉を潜《くぐ》るのが楽しみになって」

ブランの瞳《ひとみ》からぼたぼたと零れだした涙がカウンターに落ちていく。

私の視界も滲《にじ》んで見えにくくなっていく。

頬《ほお》をつたっていく涙の感触《かんしょく》で、自分も泣いている事に気が付いた。

「君が、君がいらっしゃいませ、って私の名前を呼ぶから。呼んでもらえるのが楽しみになって、ドアを開けて笑いかけてもらえるのが幸せで」

ねえ、と涙で濡《ぬ》れる目が私をまっすぐに射貫《いぬ》く。

「私、性別なんて無いんだ。男にも女にも見えるように作られたから」

「作られた、って……」

「私は人形だよ、君達人間とは違《ちが》う。ああでも……」

絞《しぼ》り出すようにブランが続けて放った言葉は、妙《みょう》に頭の中に残った。

「性別が選べるなら女の子が良かったな、そうしたら団長さんに気を遣わずにいつでもツキナと遊びに行けるのに」

視界の中、涙で揺《ゆ》らぐ姿が一瞬《いっしゅん》ぶれて、ブランの姿が変わっていくのが見えた。

銀色の髪《かみ》が変わっていく。

私の手を包んでいた、私よりも白い手が変わっていく。

目の前で笑うブランの姿が、金色の髪と褐色《かっしょく》の肌《はだ》を持つ人へ変化していく。

顔立ちはそのままだ、髪と肌の色が違うだけで。

『ハガルの人間は金色の髪と褐色の肌の人間が多い』

以前イルが言っていた言葉が頭の中に蘇《よみがえ》る。

「魔法《まほう》で変えない状態でも、銀色の髪が良かった。君が私の髪の色だと言ってくれたあの花みたいな、綺麗《きれい》な銀色が」

私の手を握る手に力が籠《こも》り、震えているのがわかる。

両手で私の手を包むように握るブランは、祈《いの》るような体勢でその手に額をつけた。

「私は、ハガルから来たんだよ。君に魔物をけしかけたのも私なんだ。ヨウタの力を探るために……戦えない君を彼の前で襲《おそ》わせてその力を直接見るために。ヨウタに大魔法の古文書を渡《わた》したのも私さ」

あの時、魔物に襲われた時の死への恐怖《きょうふ》が心の中に湧《わ》き上がる。

あれが、私を殺そうとしたのがブラン？

それでもブランを振り払えないのは、さっき言っていたようにブランがそういう魔力を纏っているからなのだろうか。

それとも……。

「疑った事なんてなかったのに、当たり前だと思っていたのに、嫌なんだ。私はそう作られたはずなのに、ハガルに忠実な存在であるはずなのに、今それに逆らおうとしている」

何を言っているのかはまだよくわからない。

けれど今のブランが私に危害を加えない事くらいはわかった。

楽観的過ぎではないかとも思った、でも、そんな判断を間違《まちが》えるほど浅い付き合いでない自信はあった。

包まれた手に力を入れて、ブランの手を握る。

握るというよりは指を添《そ》えるだけの形にはなったけれど、これは魔力の効果なんかじゃなくて、まぎれもない私の意志だ。

ブランが一瞬だけ息を呑《の》んだのがわかる。

「君のせいだよ。君が嫌《いや》な事はやめるって、好きな事を選ぶって、そういう考えもあるって教えてくれたから。私の中に無かった好きと嫌《きら》いが出来てしまった。君はこの店で、ただ笑っていただけなのに」

「ブラン」

「羨《うらや》ましいと思っちゃったんだ。だってここに来る団員達はみんな幸せそうで、オセルという国を愛している。ハガルの冷たさなんてこの国には微塵《みじん》も無い。移住の話題が出た時、私は何の躊躇《ちゅうちょ》もなくそうしたい、って思っちゃったんだ。最優先の命令が生きて帰って来る事？　ハガルは目的のために簡単に国民の命を消費するのに……」

ブランが大きく息を吐《は》きだす。

顔は上げないままだが、今までよりもずっと落ち着いた口調で話し出した。

「ねえ、団長さんをここに呼んで。急いで、もう時間が無いから。ちゃんと全部言うから。二階にいるんだろう？」

どうして知っているの、なんて口に出さなくてもわかる。

急いでいる事も、何かを告げようとしている事も。

二階に続く階段に向かってイルの名前を呼ぶ。

本に集中していたとしても、私の焦《あせ》ったような声を聞けば気が付いて来てくれるだろうという信頼《しんらい》はあった。

直後に彼にしては珍《めずら》しいくらいの大きな足音が聞こえて、その考えを肯定《こうてい》してくれる。

階段を駆《か》け下りて来たイルは、私の手を握《にぎ》りこんだまま顔を上げないブランを見て目を見開き、険しい表情を浮《う》かべた。

金色の髪も褐色の肌も、マントから出てしっかりと見えている。

しかしイルが何か声を発する前に、ブランの口が開かれた。

「私は、ハガル王家から直々の命を受けてオセルに来たんだ」

ヒュッと息を呑んだイル、店に漂《ただよ》う空気が重くなったと同時にブランは私の手を離して、まっすぐに前を向いた。

泣いたからだろう、目が真っ赤になっている。

そのまま大きく息を吐き出して、イルの方を見た。

「ハガルは私達人形を使ってオセルを滅《ほろ》ぼすつもりだよ……そこでは落ち着かないでしょう、ツキナ。君は団長さんの傍《そば》に移動すると良い」

そう言って私をイルの方へと押したブランを、どうして私を害そうとしているだなんて思えるだろう。

それでも警戒するイルの背に隠《かく》される位置に私が移動したところで、ブランはゆっくりと話し出した。

「ハガルは救世主の来ない国だ。過去の文献《ぶんけん》すべて探《さぐ》っても、救世主が来たという話は残っていない。まるでお前の国にはやらないと言わんばかりに」

神様は言っていた、ハガルに救世主を送れば世界を巻き込んだ戦争になるかもしれないと。

だから初めから送る選択肢《せんたくし》の中に入っていないのだと。

「だから、ハガルは長い年月をかけて私を作り出したんだ」

「……お前は、なんだ？」

「私は人形さ。ハガルの作り出した、疑似《ぎじ》救世主ともいえる存在だよ」

「疑似、救世主？」

「そうだよ、純粋《じゅんすい》に異世界から呼ばれた君やヨウタとは違う。長い年月の間多大な犠牲《ぎせい》を出して作られた、膨大《ぼうだい》な魔力を持つ人形。もっとも君の大魔法を見て、私の力はまだ救世主には程《ほど》遠《とお》いと実感したけどね」

「知ってたの？」

「君が救世主だという事？　知っているよ、君が大魔法を使うところを見ていたから。ハガルにも報告済みさ」

「……っ」

「あの時は、まさか君とこんなに仲良くなるなんて、こんなに大切になるなんて思ってもいなかったからね。命令通り重要事項《じこう》として報告したさ。今は……後悔《こうかい》してる。でももしも君が救世主だと知ったのが今だったなら、報告は出来なかったのは確かだよ」

狙《ねら》いがわからず、ブランの事をよく知らないイルの警戒《けいかい》が高まっていく。

私は……突然《とつぜん》起こったこの状況《じょうきょう》に戸惑《とまど》う事しか出来ずにいる。

ブランを敵だと思えない、嘘《うそ》を言っているとも思えない。

そうだ、だって私が魔物に襲われた時だって……。

あの時、私に飛びかかってきた魔物は不自然に体勢を崩《くず》して転んでいた。

雪で滑《すべ》ったのかと思っていたが、あの魔物がいた場所には焦《こ》げたような跡《あと》が残っていたのを覚えている。

魔物が体勢を崩していなければ私は確実に一撃目《げき》でやられていたし、ヨウタさんの助けも間にあわなかっただろう。

『私は火の魔法が得意なんだ。直接魔物に当てなくても……例えば魔物の足元に打つ事が出来れば魔物は体勢を崩してくれるからね』

後日店に来たブランの言葉を、今も覚えている。

魔物をけしかけたのはブランで、でも私の助けになるような魔法を打ったのもブラン？

親しくない相手ならばふざけるなと怒《おこ》れるのに、ブランが相手だと怒《いか》りすら湧いてこない。

「騎士《きし》団長、あなたに話がある」

「……聞こう」

「先ほども言ったが、ハガルは私達人形を使いオセルを滅ぼすつもりだ。私以外の人形も複数この国に入って来ていた。今は作戦準備のためにすべてハガルに戻《もど》されているけどね。私達の魔力は高く、遠隔《えんかく》で魔力暴走を引き起こす事が可能だ。だから君達の結婚《けっこん》式で人形を暴走させ、オセルごと各国の要人達を巻き込んで滅ぼす算段でいる」

「魔力暴走って……」

私はそれを一度だけ見た事がある、イルと見に行ったオーロラ祭りで。

真っ赤な魔《ま》法陣《ほうじん》、降り注ぐ巨大《きょだい》な岩や火球、聞こえる悲鳴……すべて昨日の事のように思い出せる。

あれを、人為《じんい》的に起こす？

「以前この国で起きたものより規模は小さくなると思うよ、けれど一国を滅ぼすには十分だ」

「でも、そうしたらブランは」

「……君は本当に、もう」

無事では済まないはずだと気が付いてしまって、慌《あわ》ててそう口にする。

ブランは苦笑《くしよう》するばかりだ。

私を見る瞳《ひとみ》がいつものように優《やさ》しくて、イルが戸惑っているのがわかる。

「人形、というのは本体は一つだ。私という、一番初めに作られた個体が無事だったなら量産出来る。その分犠牲者は増えるけど、ハガルは自国民の扱《あつか》いが良くないからね。いくらでも躊躇なく犠牲は出せるのさ。国民を犠牲に人形を作り、その後私と繋《つな》げて動かせるようにする。だから作戦の日までに私はハガルに戻り、代わりに人形を侵入《しんにゆう》させるように命が下されている。もう少ししたら人形達がオセルに入り込みだすだろうね」

ブランが自分の服の襟元《えりもと》を下に引っ張るように下ろす。

鎖骨《さこつ》の間には真っ赤な石が埋《う》まっており、強い魔力を帯びて少し光っているのがわかる。

そこにぶら下がる水晶《すいしよう》のネックレスを見て、また泣きたくなった。

「これが力の源になる石さ。すべての人形は私の石から魔力を得て動いている。私が大量に食事を取るのはその魔力を補充《ほじゆう》するためでもあるんだ。私がいれば……この石さえあればいくらでも人形は作りだせる。石自体は本当に偶然《ぐうぜん》が重なって出来た奇跡《きせき》のようなものだから、もう二度と作る事は出来ないと言われているけどね」

「つまりそれは相当重要なものだという事だろう、何故《なぜ》それを持つお前がオセルに来ている？　それこそ他《ほか》の人形達を来させればいいだけだろう」

「私以外はまるっきり人形だからさ。感情の起伏《きふく》も無ければ表情も変わらない。最初に作られた私は感情がある方が魔力も強くなるから、という理由で感情を持っているけど……さっきも言ったけど、初めはヨウタを探るために来たんだよ。もちろん私でない人形が来たさ。でもヨウタの強い正義感や力を目《ま》の当たりにして……結局、何かあった場合に救世主に対抗《たいこう》できて、ちゃんと人間にも見える私を侵入させざるを得なかった。苦渋《くじゅう》の決断ではあったみたいだけど」

静まり返る店内にブランの抑揚《よくよう》の無い声が響《ひび》く。

イルも私も、その話に聞き入る事しか出来ない。

「私は確かに唯一《ゆいいつ》の本体ではあるけれど、価値があるのは石だけだ。万が一やられたとしても石さえ回収出来れば時間と犠牲は掛《か》かれど私と同じ存在を再生する事は可能だし。そして調査の過程でヨウタがどの救世主よりも強い魔力持ちだとわかったから、彼に大魔法を覚えさせ結界を消し、協力を取り付けた魔物にオセルを滅ぼさせてから彼だけを回収して国に戻る事が任務に変わったんだ」

君の結界のおかげで失敗したけど、とブランが笑う。

あの時私が大魔法を使っていなかったら、今頃《いまごろ》オセルは……。

冷たいものが背筋を走る。

「そうして君という救世主の存在をハガルは知って、協力させる事が可能か私に調べるように命じた。私は……君は決してハガルに協力しないだろうと報告した」

俯《うつむ》いたブランがぎゅっと手を握りしめる。

続いて出て来たブランの声は酷《ひど》く震《ふる》えていた。

「消せ、と言われた。協力が無理ならば消せ、と。ちょうど結婚式もある。この国でも有名な騎士団長と、協力を拒《こば》む救世主、各国の要人、そしておそらくもう一人の救世主であるヨウタも来るだろうね。ハガル以外の国がオセルを中心に集まっている今、ハガルにとってこの国は邪魔《じゃま》でしかない。都合よくまとめて消すチャンスだと上層部が判断したんだ」

睨《にら》みつけるような表情へと変化したイルが口を開いたが、それをかき消すようにブランが言葉を続ける。

「でも嫌《いや》だよ、だって本当に楽しかったんだ。初めはモヤモヤしてこの感情が何かわからなかった。でも君と過ごす内にようやくわかったんだ。嫌なんだ、私は。だって、君の事もオセルの事も好きなんだから」

ブランの視線がカフェの入り口へと向けられた。

立ち上がる気配はなく、ただ思い出を辿《たど》るようにゆっくりと話し続けている。

「この店の扉《とびら》を開けるのが楽しみで仕方なかった。他の人形を動かす為《ため》のエネルギー摂取《せっしゅ》は楽しい食事っていう行為《こうい》に変わって、ハガルの為に知識を得て強くなる為のものだった読書は心底楽しい好きな事に変わって。君や他のお客さん達と楽しく話して……誰《だれ》かと心のままに笑い合うのがこんなに温かくなる事だって初めて知ったのに。私の動き一つで全部消えてしまうなんてっ」

ブランの瞳にまた涙《なみだ》が滲《にじ》み始める。

その姿はどう見ても人間で、ブランの言う人形という単語とはまったく一致《いっち》しない。

私に向けられた微笑《ほほえ》みを見てしまえば、なおさらだ。

「ツキナ、君はいつだって好きな事をしている。楽しそうに料理して、本を読んで、色々な人と話して魔法の勉強をして、婚約者と幸せそうに過ごしている。嫌な事はしたくない、って堂々と言っていたね。そうか、って思ったんだ。私はハガルの為に動くように作られたけれど、それを疑った事は無かったけれど……初めて嫌だと思った。ハガルの為に動くより、明日《あした》もこの店の扉を開けて君に笑顔《えがお》でいらっしゃいませ、って迎《むか》えてほしい。そう思ったんだ」

ふわり、とブランが笑う。

どうしてだろう、その笑顔にとても嫌な予感がした。

「その為にもハガルの事を言わなければ、伝えなければ、そう思ったのになかなか君に伝えられなかった。君に伝えれば終わってしまう、この店に来られなくなる。黙《だま》っていたら君の命が無くなって、話せばその場で私が終わる。どっちみち終わるなら後少し、後一回だけお店に来たい、君と友達として遊びたい、ずるずるとそれを繰《く》り返して……結局今日になっちゃった」

今日がギリギリのタイムリミットだったと言うブランは、変わらず優しい笑顔のままだ。

「結婚式、楽しみにしていただろう？　君が幸せそうに笑うから、だから決めたよ。私も君の言うように、嫌な事はやめる。好きな事を選ぶ。ソウェイル騎士団長、あなたに後始末を頼《たの》みたい」

「後始末？」

「きっとこれからハガルは混乱する、その後始末さ。今私が話した事実があれば、何が起こったかはわかるだろう？」

「何を言って……」

「遠隔で魔力暴走を起こせると言っただろう？　それの命令権があるのは私なんだよ。そして魔力暴走には私の魔力も大量に使う。だから私が動くための最低限の魔力を残さなくちゃいけない事もあって、本来なら救世主並みの魔力暴走は起こせないんだ」

ドクドクと心臓が音を立てている。

漠然《ばくぜん》とした嫌な予感が、より現実味を帯びて私を焦《あせ》ったような気分にさせる。

「私に埋まったこの石がある限り、人形達はいくらでも生まれ動く。だからこれがある限り、私が存在する限り、オセルは常にハガルから人形を送り込まれるだろう。あの温かい騎士団の空気も、常に緊迫《きんぱく》したものになってしまう。もしも無事に結婚式を乗り切ったとしても、私の石の魔力の基礎《きそ》はハガルの研究者達だから、彼らには私に強制命令を下す力がある。私が生きている限りこの国は、君は危険なままなんだ、ツキナ」

ブランの笑みはいつも通り、お店で見ていたものと変わらない。

まっすぐに私を見て笑みを浮《う》かべ続けている。

カウンターに頬杖《ほおづえ》をついて、今まで過ごしてきた日常と変わらない光景がそこにある。

「たった数か月だけど、まるで人間になったみたいに楽しかった……見たかったな、結婚式《けっこんしき》。またこの店の扉を開けたかったよ。きっとあなたもそうだったんだろう、だからツキナに惹《ひ》かれたんだろう？　団長さん」

最後にとろけるような笑みを浮かべたブランが静かに笑った。

「ねえツキナ、君と友達になれて良かった……大好きだよ」

そう口にしてすぐに目を閉じたブランの体からゆっくりと力が抜《ぬ》けていく。

飛び出そうとした体は、イルに庇《かば》われる位置にいた事で一瞬遅《いっしゅんおく》れた。

直後、ブランの周りにドーム状の結界が広がる。

私がようやく一歩踏《ふ》み出したところで、ドームの中に炎《ほのお》が巻き上がった。

「ブランっ！」

叫《さけ》んだ声は今まで生きてきた中で一番大きかったように思う。

イルに腕《うで》をつかまれて、ブランに近づけない。

目の前で友達が炎に包まれている光景が現実ではないような気がして足が震える。

炎が大きすぎてブランの姿はまったく見えない。

そんな……だって、だって急すぎる。

今日も明日も、いつものようにブランはお店に来て、私の顔が引きつるくらいのご飯を平らげて、楽しそうに本を読んだり団員達と話したり、悪い笑顔で商売をしたりして。

次の休みはまた一緒《いっしょ》に出かけようと約束だってしていて……。

「……ブラン？」

ようやく出た声は情けないほど涙声だった。

イルの腕がブランに向かって突《つ》き出されたのが見えて、水流が発射されたのも見えた。

結界に当たった水流はあっという間に霧散《むさん》して消えていく。

「くっ」

イルの悔《くや》しそうな声を聞いて、ようやく足に力が戻《もど》る。

何も考えずに踏み出した足、イルが魔法準備に入っていた事もあって彼の腕をするりと抜け出し、ブランのもとへ駆《か》け寄った。

伸《の》ばした手が結界に触《ふ》れた瞬間、中の炎がふっと消える。

「え……？」

結界の中には、目を閉じて微動《びどう》だにしないものの、火傷《やけど》一つないブランの姿があった。

第六章　私の最終手段

隣《となり》に駆け寄ってきたイルも厳しい表情のまま戸惑《とまど》っている様子だった。

あれだけ炎に包まれていたのに、ブランには傷一つない。

触れていた結界が音もなく消えて、そのままブランの体が私に向かって倒《たお》れこんでくる。

膝《ひざ》をつきながら受け止めた体は先ほどまで炎で包まれていたというのに熱を感じない。

「ブラン？」

返事はない、体もピクリとも動かない。

イルが手を貸してくれて、倒れこんできていた体をカウンターの椅子《いす》へ戻してくれる。

ブランの手を握《にぎ》りしめても冷たいままで、まったくと言っていいほどに動く様子もない。

そこでようやく、ブランの元になっていると言っていた石に魔力が無くなっている事に気が付いた。

「魔力が……」

「すべて無くなっているな。これが原動力だとすると、この状態では動く力は確実に無い」

私の目から見てもイルの目から見てもそれは明らかな事だった。

ブランの魔力《まりょく》が無くなった事で見え方が変わったのかもしれない。

今のブランの姿は精巧《せいこう》な人形にしか見えなかった。

それがひどく悲しくて苦しい。

魔力の回路のようなものも何となくわかるが、動くための魔力はまったく感じない。

「でもさっきはあんなに魔力が詰《つ》まってる感じだったのに。あの炎にも結界にもそこまで魔力なんて使われてなかったよ。残りの力はどこに行ったの？」

「……まさか」

イルが呟《つぶや》いたと同時に、彼の胸元《むなもと》からけたたましい音が鳴り響《ひび》いた。

最近ではもう聞きなれた通信機の音だが、普段《ふだん》の物とは違《ちが》って緊急連絡《れんらく》用の音だ。

ブランから視線を動かさないまま、イルが通信機を取る。

通信機の向こうから聞こえてきたのは、緊迫したベオークさんの声だった。

『イル、どこにいる？　家かっ？　ハガルを監視《かんし》していた人間から緊急連絡だ。ハガルの王宮で謎《なぞ》の爆発《ばくはつ》、城のほとんどが崩《くず》れて原形をとどめていないそうだ！』

「……っ、そういう事か！」

イルが気が付いたのとほぼ同時に、私もブランの魔力が無い理由がわかってしまった。

魔力暴走……ブランは自分の魔力を使ってハガルにいる人形達に魔力暴走を起こさせたんだ。

『何か知ってんのか？』

「今から城に行く、そこで説明する！」

イルが座り込んだ状態の私に視線を向けてくる。

ブランの手を握って座り込んだままだが、どうしても動く気にならなかった。

「ツキナ、俺と一緒に城に」

「……ごめん」

「ツキナ」

「ごめん、わかってる。わかってるの」

『どうしたイル。ツキナちゃんに何かあったのか？』

通信機の向こうから聞こえるベオークさんの気遣《きづか》いの声。

泣いている場合じゃない、ブランを連れて行かなくちゃいけない。

ここでいつまでも座り込んでいるわけにもいかない。

……わかっているのに動けない。

今ブランから手を離《はな》したらいけない気がして、立ち上がる事も出来ない。

これが個人的な事だったらイルは私の意思を優先してくれただろう。

でも国が関《かか》わっている、それも相当重大な事で、私もそれをわかっている。

彼の妻になるのだから、オセルの住人なのだから、ここで駄々《だだ》をこねている場合ではないとわかっている。

立たなくては、そう思うのに……。

『ソウェイル、確認《かくにん》じゃ。今起こっているハガルの騒動《そうどう》、ブラン殿《どの》が関わっておるのだろう？』

通信機の向こうからそう聞こえてきたのは、必死にブランから手を離そうとしていた時だった。

向こうの喧騒《けんそう》がピタリと治まったのがわかる。

ベオークさんの戸惑いの声も聞こえてくるが、混乱は私達の方が大きい。

思わずイルと顔を見合わせる。

聞きなれた声はいつもよりも厳しさを含《ふく》んでいたものの、とても落ち着いていた。

「あ、アンスル殿？」

『どうなんじゃ』

「……はい。間違いありません」

『言っておくがいくらわしでも詳《くわ》しくはわからんぞ。だからこそ話を聞きたい。今話せる範囲《はんい》で話せ』

戸惑っていたイルの表情が引き締《し》まる。

そのまま私の方を気遣いながらも、簡単に説明をし始めた。

イルの声を聞きながら、ブランの顔を下からのぞき込む。

先ほどと変わらず目を閉じたまま、動かないままだ。

鎖骨《さこつ》の間の石にも、やはり魔力は感じられない。

「……あれ？」

石の付近にきらきらとした何かが光っているのが見えて、じっと目を凝《こ》らした。

何かの破片《はへん》のような、小さな粒《つぶ》がブランの鎖骨のあたりに散らばっている。

「………………っ」

「ツキナ」

その正体に気が付いて小さく息を呑《の》んだと同時に、イルから声を掛《か》けられる。

顔を上げると真剣《しんけん》な表情のイルと目が合う。

「ツキナ、俺は城へ行く。説明もしなければならないし、ハガルの上層部が壊滅《かいめつ》状態で混乱している。その対応の指揮を執《と》らなければならない」

「うん、ブランは……」

「一度俺だけで行く。移動魔法の媒介《ばいかい》を使って行くが、君の分は手元にあるか？」

「持ってるよ」

移動魔法に使う媒介の石は何かあった時にいつでも使えるように常に持ち歩いている。

肌《はだ》に触れた状態ならば発動出来るようになっているので、一瞬《いっしゅん》で目的地に移動可能だ。

「何かあれば絶対に城に来るんだ。いいな？」

「うん、ごめんね」

情けない、結局イルを一人で行かせるなんて。

そう思った時、ぽすんと軽い音を立てて頭がイルの肩《かた》に当たった。

イルの手で抱《だ》き寄せられた事に気が付くと同時に、耳元でイルの声が響いた。

「約束しただろう。君がもしも何か共に背負ってほしい事があれば喜んで背負う。俺の存在を枷《かせ》にする必要はないし、それがオセルに不都合な事だったとしてもだ、と」

「イル……」

私が気が付いた事、これからやろうとしている事、全部見透《みす》かされてしまったようだ。

微笑《ほほえ》むイルの顔からは私へのマイナスの感情など一切《いっさい》感じられない。

「結局、あなたに面倒《めんどう》を」

「違う。さっきの君だって俺の為《ため》に別の選択《せんたく》をしようとしてくれただろう。お互《たが》い様だ。俺の事は気にしなくていい。ただ君が無事である事は大前提だ。何かあれば連絡をくれ。いいな？」

「……っ、うん！」

最後に通信機を私に手渡《てわた》しながらもう一度微笑み、イルは移動魔法で城へと行ってしまった。

静かな店内には私とブランが取り残される。

今もまだ、追いていかれたかのような展開に頭が付いて行かず混乱はしている。

物語の中では色々と前兆があって起こる様々な非日常が、突然《とつぜん》頭の上に落ちてきた気分だった。

けれどやる事は決まっている。

「ごめんねイル。でもあなたにかける迷惑《めいわく》は最小限にするから」

大好きな人がああ言ってくれたんだ。

私だって嫌《いや》だ嫌だと言っている場合ではない。

ブランの胸元に光る小さな欠片《かけら》を見つめる。

首元に下がる革紐《かわひも》は私があげたネックレスだが、その先端《せんたん》に括《くく》りつけられていたはずの水《すい》晶《しょう》は無くなっていた。

「体ごと消えるつもりだったでしょう。焦《あせ》ってたからこの効果について忘れてたの？」

それとも手放したくないと思ってくれたんだろうか。

ブランは魔力暴走を引き起こすと同時に、あの炎《ほのお》で体ごと消滅《しょうめつ》させるつもりだったんだろう。

「私にイルの所に行くように言ったのは、それを邪魔《じゃま》されないようにするため？」

あの時イルの後ろにいなければ何らかの手段を取れただろうか、間に合っていただろうか？

けれどブランの思惑とは裏腹に、私があげた結界玉はしっかりと仕事をしてくれたらしい。

あの炎を攻撃《こうげき》とみなし、ブランの体を守った後に砕《くだ》け散ったようだ。

「体はちゃんと無事、だったら後は魔力」

冷たい石、空っぽの魔力。

間違いなくブランはハガルにいる人形達に魔力暴走を引き起こしたんだ。

それも本来ならば残さなくてはいけない自分用の魔力もすべて使って。

先ほどブランは自分の魔力の基礎はハガルの研究者達だと言っていた。

だから彼らはブランに強制命令を下す事が出来る、とも。

「自分がいたら、石に研究者の魔力があったら操《あやつ》られるから、自分ごと？」

けれど今は空っぽ、その研究者達の魔力はまったく存在していない。

多大な犠牲《ぎせい》を払《はら》って作られたとは言っていたけれど、それはきっとそうしなければ魔力が足りないからだ。

「魔力なら、いくらだってある」

そっとブランの石に触《ふ》れて、ゆっくりと魔力を流し込む。

ブランがハガルの人間だろうと、あれだけ言われて見捨てるなんて出来るはずがない。

「私だって、あなたがドアを開けてくれるのが楽しみだったのに」

初めて出来た大切な友人を、そう簡単に見捨ててたまるものか。

ブランは自分が今まで生きてきた時間とか生まれた理由とか、そういうものを全部捨てて私を、オセルを守ってくれたのに。

「私、好きなものが相手の時はしつこいよ」

ブランに言葉を投げかけながら、石に魔力を流し込む。

ハガルの魔力ではなく私の魔力で動けるならば、強制命令の権利なんてハガルにはない。

「あなたの事、人形だとかハガルの事だとかは知らなかったけど」

例えばサンドイッチはホットサンドの方が好きだとか、クレープよりはパンケーキが好きだとか。

以前は学術書や魔法教本をよく読んでいたけれど、最近は冒険《ぼうけん》ものの物語を好んで、楽しそうに読んでいる事とか。

「どこの世界にエネルギー摂取《せっしゅ》のためだけの食事で好物ばっかり食べる人がいるの。フィクションの、この世界とはかすりもしてない冒険ものの小説でハガルのための知識なんてつかないでしょうに」

人形？

ブランはずっと、私の前ではただの人間だった。

静まり返る部屋の中で、必死に魔力を注ぎ込もうと奮闘《ふんとう》を続ける。

静寂《せいじゃく》が苦しくて、ふと何年も前の事を思い出した。

「ブラン、親しい人が死ぬって、どんな状況《じょうきょう》でも苦しいんだよ」

私は両親がいない、けれど両親が死んだ時は本当に子どもで、その時の事はよく覚えていない。

私が覚えている身近な死の記憶《きおく》は、祖母のものだ。

育ての親である祖父母は年齢《ねんれい》的にも大往生といえる部類で、病気で苦しんだわけでもなく、私にそろそろだろうという心の準備期間まで与《あた》えてくれた状態で旅立った。

もちろんお葬式《そうしき》では悲しかったけれど、もう成人していた私にとっては覚悟《かくご》しての送り出しだったし、感謝も伝えられた事で大丈夫《だいじょうぶ》だと思っていた。

現に数年経《た》った後はちゃんと過去の事として消化している。

でも、そんな私でもどっと寂《さび》しくなって泣いた事がある。

祖父を見送り、その何年か後に祖母を見送った時だ。

お葬式から帰った後の一人きりの家で、寂しくなっちゃったなあなんて思いながら夕食の時に用意した私と祖母の茶碗《ちゃわん》。

初日だからせめて仏壇《ぶつだん》に供えようと思って準備したその茶碗を持った瞬間、私は泣いた。

自分の意思と関係なく涙《なみだ》が止まらなくなって、静まり返った家が寂しくて。

もういないのだと実感して、しばらく泣き続けた記憶がある。

当然のようにあった存在がいないという喪失感《そうしつかん》、二度とその人と会う事は無いのだという苦しさ。

写真はもちろん返事なんてしてくれない、当たり前にあった声は完全に失われている。

それでも何とか泣き止《や》んで、次の日に仕事場に行けば賑《にぎ》やかだから大丈夫、そう思っていたのに……一人の家に帰った時に代わりの人なんていないんだと思い知るばかりだった。

「代わりなんていないよ、ブランはあなただけなんだから」

例えばこの先、別の友人が出来たとしても私がブランを失った事に変わりはない。

お客様が来ない時間に、これまでブランと笑って過ごしていた時間に、この人の気配を感じて……けれどもういない事を思い出すなんて嫌だ。

一人きりの店内で泣くなんて冗談《じょうだん》じゃない。

誰《だれ》かを失って泣くのは、寿命《じゅみょう》で送り出した時だけで十分だ。

しかし私が必死に流し込んだ魔力は石に溜《た》まり始めるかと思ったところで、バッン、と大きな音を立ててはじかれてしまった。

「え？」

数回試《ため》しても同じで、どうしても石に魔力が込められない。

魔力さえあればどうにかなるかと思ったが、どうやらそう簡単にはいかないようだ。

「そうだよね、簡単にいくならハガルはとっくの昔に世界征服《せいふく》してるよね」

今まで色々と邪魔された分も含《ふく》めて、余計にハガルに対して苛立《いらだ》ってきた。

けれど今はそんな場合じゃない、時間は無いんだ。

イルはああ言ってくれたけど、その内ブランを連れて行く為に城の人が来るだろう。

ここは以前のように、イル以外には知られていないお店ではないのだから。

タイムリミットがある、お城の人が来るまでにブランの魔力を何とかして、生き返ってもらわなければ。

連れて行かれてしまったら、もうブランを生き返らせるチャンスなんて無くなってしまう。

でも生きてさえいれば、オセルは人道的な判断をしてくれるはずだ。

だから、今が最後のチャンス。

しかし何度か魔力を送ってみても、やはりどうしようもない。

いくらここに本が大量にあろうとも、何の手掛《てが》かりもない状態で役に立つ知識を探す事なんて不可能だし、そもそもそれは敵国の機密情報にしか存在しないだろう。

どうする、何か手段は……焦ってはいけないとわかっていても、どうしようもない。

頭が混乱してくる、敵国の情報なんて手に入らない、魔力を込める手段を知る方法なんて他《ほか》に何が……。

「あ」

そうだ、一つあるじゃないか。

敵国だとか、そんな事一切《いっさい》関係なくどうにか出来る手段が。

最良の手段を思いついて、目の前が明るくなった気がした。

ブランの石へ向けていた視線をさらに上へ向ける。

見慣れたブックカフェの天井《てんじょう》が見えて、心が落ち着いていく。

躊躇《ちゅうちょ》なんて一切無かった。

「神様」

空中に向かって呼びかけると答えはすぐに返ってきた。

「呼んだか？」

いつもと変わらない、いたずらっ子のような笑《え》みにほっとする日が来るとは。

長い髪《かみ》を一本のみつあみにして顔の横に流している男性が、いつの間にかブランの向こう側のカウンター席に腰掛《こしか》けている。

先ほどまでは誰もいなかった店内に何の予兆もなく現れた男性。

私をこの世界に連れてきた神様——私に三つの願い事が出来る権利を与《あた》えた神様だ。

「願い事、一つ使いたいんだけど」

「ほう」

長い足を優雅《ゆうが》に組んで、神様が笑う。

その視線は私に向いているのでブランの事も視界に入っているだろう。

もっともそんな事は関係なしに、彼は私の願いなんて察しているだろうけれど。

「いいのか？　私になんでも願いを叶《かな》えてもらうチャンスは三回しかないんだぞ。君が以前自分で言っていたじゃないか。この願い事の権利は自分にとっては保険のようなもの、三回〝も〟あるものではなく、三回〝しか〟ないものだ、と」

片手で三本の指を立てる神様。

確かに私にとって、神様になんでも願えるこの権利はなるべくなら使いたくないものだ。

だが使い時を誤っているつもりはない。

「友達を助ける事が出来る方法が三つ〝も〟あるんだよ。そもそもこれは私にとって十分保険を使う理由がある事態だし」

私の返した言葉に神様の目が少し見開かれる。

続いて楽しげな笑い声が店内に響《ひび》き渡《わた》った。

「まったく、まさか自分の為《ため》にと大切にしていた願い事を友人の為に使うとは。君も丸くなったな」

「私は変わってないよ。自分勝手なまま」

だってきっと、本当はこんな事をせずにブランをオセルに引き渡さなくちゃならなかった。

そうすればイルが面倒《めんどう》事を背負い込む必要もなかったし、オセルの危機になるかもしれない事は一つ減っただろう。

それを全部拒否《きょひ》して、私は私が願う事を押し通そうとしているのだから。

「ねえ神様。もしもあなたがハガルにも救世主を送っていたら、もしも私が行く場所を指定していなかったら……ブランの立場って私がなっていたかもしれないんだよね」

「否定は出来んな。だが確実に今のような穏《おだ》やかな生活は送れなかっただろう。自分に重ねでもしたか？」

「多少はね。でも私がブランを助けたいって思う理由としては小さいかも。私はただ、気の合う友達をこのまま見捨てたくないだけ」

「そのせいで平穏《へいおん》で幸せな生活を失ってもか？」

「私の幸せには気の合う友人と過ごす日常だって含まれているんだよ」

私の言葉を聞いても、神様はただ楽しそうに笑うだけだった。

「相変わらずだな君は。この世界にいる救世主の誰よりも目立たず、けれど誰よりも強欲《ごうよく》だ。いいだろう。だがこの願い事について了承《りょうしょう》した時にも言ったが、私は人の生死には関《かか》われない。生き返らせる事も命を奪《うば》う事も出来ないぞ」

「ブランは人形だよ？」

「おや、君がそれを言うのか。てっきり人間扱《あつか》いすると思っていたが」

「だって今はどっちでもいいもの。これから先、また友達としていられるならもちろん人形扱いなんてしない。でも今は、ブランが助かるならどっちだっていい。人間だろうが人形だろうが、私の友達である事には変わりないから」

「そうか。だが私は直接力を注ぐ事も人間としての命を与える事も出来ない。そうだな……君の魔力《まりょく》がその石に適合し、ブランを動かす力に変える事が出来るようになる。これでどうだ？」

「私の魔力で足りる？」

「君、さっきはそんな事は考えもせずに魔力を注ごうとしてなかったか？」

「確信が持てるならそれに越《こ》した事は無いからね」

「……相変わらず現実主義だな君は。大魔法一発分程度だ、君ならば確信を持って大丈夫《だいじょうぶ》だと言えるだろう」

「そっか。ありがとう、神様」

「いいさ、君の変化は見ていて楽しいからな」

神様の姿が掻《か》き消え、その場に光る球体が現れる。

手のひら大の、太陽を小さくしたような輝《かがや》く球体。

「懐《なつ》かしい姿だね」

「そうだな、君と初めて会った時はこの姿だった」

球体から神様の声が聞こえる。

本当の姿はこちらで、先ほどまでの男性の姿はこの世界の人に合わせたものらしい。

神様はブランの周りをくるりと一回りし、よし、と呟《つぶや》く。

ブランの石は一見して変わりないが、何となく魔力を流し込むための道が見える気がした。

「見えただろう、その道に流し込むようにすればいい。これで願い事は残り二つだ。急ぎなんだろう？　私は後でまた会いに来る。まあ、頑張《がんば》る事だ」

「うん、ありがとう」

まるで返事のように一瞬《いっしゅん》光を強めてから、神様は空中に溶《と》け込むように薄《うす》れて姿を消した。

店内に静寂《せいじゃく》が戻《もど》る。

今度こそ、とブランの石に触《ふ》れた。

先ほどとは違《ちが》って石に魔力が溜《た》まっていくのがわかる。

大魔法を使う時と同じように自分の体から魔力がどんどん抜《ぬ》けていき、店内を覆《おお》うほどに私の刻印と同じ魔《ま》法陣《ほうじん》が広がった。

大魔法を使う時に光ると思っていたが、大魔法が使えるくらいの魔力を使う際に魔法陣は光るのかもしれない。

注ぎ込んでも注ぎ込んでも終わりが見えないほど、石に魔力がどんどん吸い込まれていく。

ハガルが長年大勢の犠《ぎ》牲《せい》者《しゃ》を出して作ったものだと考えると当然なのだが……嫌《いや》な国だ、本当に。

今回のブランの選択《せんたく》は、もしかしたらハガルの国民も救うのかもしれない。

「なら、本人がいなきゃ駄目《だめ》でしょうに」

気合いを入れるようにそう口にして、くらくらして来た頭のまま魔力を注ぎ込み続ける。

魔法陣が視界を埋《う》める。

イルがいない状態で初めて使うこの力。

今まではイルに守られていたから使えた大きな魔力。

状況《じょうきょう》は少し違うけれど、今は大切な友人の為に一人きりでもこの力を使おう。

ほんの少しの心細さを吹《ふ》き飛ばすように、必死に魔力を石に流し込んでいく。

「あんな言い逃《に》げ、ひどいよブラン」

あそこまで想《おも》われて、見捨てられるわけがないのに。

魔力が不足してきたのか、目の前が少しチカチカし始める。

「早く起きて、早く！」

お城の人達が来る前に。

そう願いながら、石がどんどん魔力で満たされていくのを感じる。

後少し、後少し……息が荒《あら》くなってくるのを感じながらじっと石を見つめていた時だった。

ん、と小さく声がした気がして、視線を石からブランの顔へと向ける。

ゆっくりと開いていく瞳《ひとみ》に、自然に笑みがこぼれた。

石が一際《ひときわ》大きく輝き、魔力が満ちた事がわかる。

ゆっくりと石から手を離《はな》すと、くらりと眩暈《めまい》がした。

大魔法を使うのとは違う感じの疲《つか》れ方だ。

「ッ、キナ……？　な、んで……」

掠《かす》れた声と見開かれた目、呆然《ぼうぜん》と自分の石に触れるブランを見て笑う。

「ブラン、いらっしゃいませ」

さらに大きく見開かれた目が揺《ゆ》らいで、涙《なみだ》がこぼれたのが見えた。

膝《ひざ》をついていた体勢から立ち上がろうとしたところで、ぐらりと世界が傾《かたむ》く。

バランスを失った体は、慌《あわ》てた様子のブランに受け止められた。

「ツキナ！」

「大丈夫、魔力不足なだけ」

「不足って、なんで！」

なんで不足しているのか、ではなくどうして自分に注いだのか、と問われたようだ。

どうやら状況は理解しているらしい。

「私だって、これからもブランと友達でいたいんだよ。ブランがいなくなったら、私この世界での友達がいなくなっちゃう」

「そんな事……っ、私を生き返らせたら、君の立場はどうなるの？　君はこの国の騎士《きし》団長に嫁《とつ》いでしょう？　許可なく敵国の重要人物を生き返らせたりして、全部無くなっちゃうかもしれないのに」

「無くならないよ。知ってるでしょう、ブラン」

「え？」

ブランの肩《かた》にもたれかかるように支えられているので、耳元で戸惑《とまど》ったような声が響《ひび》いた。

私の最終手段、イルにもブランにも迷惑《めいわく》をかけない為《ため》のとっておき。

「私、救世主だよブラン。オセルの人達がずっと探してる、結界の大魔法を二回も使った救世主。これで通らない無茶《むちゃ》なんて、そうそう無いでしょう？」

耳元で息を呑む音と、一瞬置いて聞こえた嗚咽《おえつ》。

馬鹿《ばか》じゃないの、と涙交じりの声が響く。

「それ、君が何でも隠《かく》しておきたかった秘密だったじゃないか。それを私を助ける為なんかに」

「私が一番危惧《きぐ》してた問答無用で戦わされる事が無いっていうのはもうわかってるから。良いよ、私の秘密一つで友達の命と恋人《こいびと》の立場が守られるなら、全然良い。それを隠して全部失ったら、言った時よりもずっと、それこそ死にたくなるくらいに後悔《こうかい》するもの。そんな重い気持ち背負ってたら、今までと同じ環境《かんきょう》で過ごせたとしても絶対に幸せだなんて思えない」

目の前がぐらぐらする。

また眠《ねむ》らなくちゃいけないのか、そろそろ国から病弱の疑いでもかけられそうだ。

魔力枯渇《こかつ》状態のせいで襲《おそ》ってくる睡魔《すいま》には耐《た》えられない事はわかっているが、せめてもう少し待ってほしい。

まだブランに伝えたい事がたくさんあるというのに。

眠気を必死にこらえながら、言いたい事を少しでも言ってしまおうと口を開く。

「ブラン、遊びに行く約束、守ってね」

「……うん、いつか、必ず」

「後、その髪《かみ》と肌《はだ》の色のブランも、綺麗《きれい》だと思うよ」

その声が聞こえたと同時に、視界が真っ白に染まった。

ブランの慌てた声が聞こえるが、これはかりはもうどうしようもない。

まだまだ言いたい事があるのに……。

「ツキナ？　ねえ、大丈夫？」

「平気、ちょっと眠るだけだから」

イルは大丈夫だろうか、ハガルはどうなっているんだろうか。

そんな不安や疑問もすべてかき消すように眠気が一気に襲ってきて、ブランの声は遠くなっていった。

「……ありがとう」

第七章　それぞれの結末

光が差し込んでくる感覚で目が覚めた。

ぬくぬくと温かい感触《かんしょく》に包まれて、とても心地《ここち》いい。

うっすらと目を開けると、目の前には見慣れた寝顔《ねがお》があった。

私が身じろぎをしたからか、閉じていた目がうっすらと開かれる。

「おはよう、イル」

「ああ、おはよう」

いつもと変わらない穏《おだ》やかな朝。

あの日から数十日経過したが、私もイルも忙《いそが》しくはありつつも平穏《へいおん》な日々を過ごしている。

起き上がらなくては、そう思ったが、そのまま抱《だ》き寄せられてイルの胸に納まった。

「イル？」

「今日は休みだ、もう少し」

「……うん」

うとうとしながら目を閉じる。

休日、少しの寝坊《ねぼう》、大好きな人と過ごすまどろみの時間。

感じる幸せには影《かげ》の一つもない。

「もうそろそろ、眠らなくても良さそうなのか？」

「うん。もう二、三日で収まると思う。上手《うま》くいけば今日にでも」

魔力不足で倒《たお》れるのが三回目の今回、襲ってくる睡魔の感覚すら摑《つか》んでしまったのを喜べばいいのか悲しめばいいのか。

どちらにせよ、結婚式《けっこんしき》には万全《ばんぜん》の態勢で臨《のぞ》めそうだ。

そう考えていたのだが、ふっと目の前が暗くなり始めたのに気が付いた。

起きたばっかりなのに、そう思ったがこの感じは……。

「イル、ごめん。たぶんこれが最後の睡眠《すいみん》だと思う」

頰《ほお》を寄せていた彼の胸が揺れて、イルが笑ったのがわかった。

「いいさ、ゆっくり眠るといい。俺も今日は寝る日にする。最近忙しかったし、ちょうどいい」

「そう、だね……」

おやすみ、という声を最後に自分が眠りに落ちていくのがわかる。

魔力回復の為の最後の強制睡眠の時の独特の感覚。

これで起きた時からはもう睡魔に悩《なや》まされる事もなく動き回れるはず。

そうしてふと目覚めると、そこは見覚えのある場所だった。

色とりどりの薔薇《ばら》の垣根《かきね》で囲まれている、イングリッシュガーデンのような場所。

ここは白い東屋《あずまや》のような建物で、美しい装飾《そうしょく》のなされた柱から丸い天井《てんじょう》にかけて垣根と同じ薔薇が絡《から》みついている。

私は白いアンティーク調の椅子《いす》に腰掛《こしか》けており、目の前のテーブルに突《つ》っ伏《ぷ》す形で眠っていたようだ。

中央に薔薇が飾《かざ》られた花瓶《かびん》があるテーブル、それを挟《はさ》んだ向かい側にはもう一脚《きゃく》の椅子がある。

周囲を見回すが、以前来た時と同じように垣根の向こう側は真っ暗な空間だ。

あの時は確か……過去の事を思い出し視線を正面に戻《もど》すと、予想通り、誰《だれ》もいなかったはずの椅子には一人の人物が腰掛けていた。

「やあ、約束通り会いに来たぞ」

「神様」

ふふ、と笑う神様は相変わらずのようで、テーブルの上にはいつの間にか湯気を上げる紅茶がある。

以前大魔法を使って強制睡眠状態になった時も、ここでこうして神様と話した事があった。

そんな神様の前には、私が店で出し始めたばかりのフルーツソーダがある。

「……どこから持ってきたの、それ」

「もちろん君の店からだ。美味《うま》そうだと思ってな」

私は今日はそれを作っていないのだが……この神様に突っ込むのは無駄《むだ》だ。

ソーダに口をつけた神様は炭酸の感触に驚《おどろ》いて、そうしてまた笑った。

「良かったじゃないか、すべて君にとって理想的な終わり方だった」

「奇跡《きせき》みたいな偶然《ぐうぜん》が重なったからだけどね」

目の前の紅茶に口をつけ、最近の出来事を思い出す。

強制睡眠の間を縫《ぬ》って王様に謁見《えっけん》したり、色々な説明をしたり、それに付随《ふずい》する作業の予定を立てたり、と忙しい時間だった。

結局、私は救世主だという事を交渉《こうしょう》材料にはしなかった。

その必要が無かったともいえる。

あの後、私が強制睡眠という気絶をした後、ブランは本当に慌《あわ》てたらしい。

すぐに魔力不足からの眠りだとは気づいたが、ブランにとって一世一代の覚悟《かくご》の後の状況《じょうきょう》だ。

混乱が次から次へと湧《わ》き上がる中、私の持つ通信機に気が付いてイルへ連絡《れんらく》したらしい。

その頃《ころ》のイルは王様を筆頭にアンスルさん含《ふく》む国の重鎮《じゅうちん》の方々に状況を説明中。

そこに騒動《そうどう》の中心であるブランからの通信が入り、色々と察していたイルとアンスルさん以外に相当な混乱を招いたようだ。

イルはともかく、アンスルさんの察しの良さは一体何なんだろうか。

あの方には敵《かな》わん、と遠くを見ていたイルの顔を思い出す。

そして私にとって本当に運が良かったのはここからで、イルからブランの事を報告されていた王様方はハガルの状況を探《さぐ》り、その段階でわかっていた事などでブランの言葉がすべて真実だと判断していた事だった。

空っぽになった石に魔力《まりょく》を込めれば動かせるのでは、と誰かが言い出し、そこまで協力的ならば起こしても問題は無いだろうという事で、城の魔力の多い人達が数日動けなくなるのを覚悟でやってみようと決定したところでの通信だったそうだ。

私が思ってたよりもずっと、オセルの人達は優《やさ》しい判断をしてくれていた。

なんだか申し訳ない気持ちでいっぱいだ。

さらにブランを起こした張本人の私は気絶している上、色々疑われる立場のブランが可哀《かわい》そうになるくらい混乱していた事で、意外なほどに対話は上手くいったそうだ。

元々私の魔力の多さとコントロール力は知られていたので納得《なっとく》はされたが、もしも神様からの加護が無ければ私が救世主だと気づかれていたかもしれない。

私が一人で無理をした事、そして敵国の重要人物を国の判断を仰《あお》がずに蘇《よみがえ》らせた事はもちろんお叱《しか》りを受けたのだが、国からではなく王様個人から、という特殊《とくしゅ》な状況だった。

オセルが甘いという事もあるけれど、私の立場を守ったのは私が今まで残した功績だ。

町に普及《ふきゅう》した効果の高い回復薬、王城関係者の死亡率を一気に下げた結界玉。

なによりも新しく作り出したあの魔法。

あの魔法が出来てから、オセルは戦いでの死亡率どころか怪我《けが》の頻度《ひんど》がぐっと低くなったらしい。

そんな魔法を作り出した事もだが、そもそも今その魔法を使えるのは私だけ。

そういった理由が重なった結果、私は厳重注意と共に、これからもオセルの魔法についての研究などに手を貸すという約束をする事で手打ちとなった。

今は表向き、魔力が強い事が知られている私が王族からイルを通して依頼《いらい》を受け、ブランを甦《よみがえ》らせた事になっている。

真実を知っているのは、あの騒動の渦中《かちゅう》にいた重鎮の方々だけだ。

ブラン本人が私に罰《ばつ》が下されないようにと非常に協力的だった事も大きい。

お叱りの内容も、一人で無理はせずにという事と、重要事項《じこう》は相談してからやる事、こういった状況の時も何も気にせずに相談して良いという事等、私にとってはどうしようもないくらいに優しいものばかりだった。

結果的に上手くいっていなければもちろん処罰の対象だっただろうが、だからと言って甘すぎる気もする。

私にとってはありがたいけれど。

「私も今度こそ君が救世主だという事は知られると思っていたのだがな。わからないものだ」

「それは私が一番感じてるよ」

「救世主としての自分は隠《かく》しながらも、君が自分の為《ため》、恋人《こいびと》の為、そしてオセルの為にやってきた事が君を助けた。胸を張っても良いと思うぞ。ブランの処遇《しょぐう》も幸福の女神《めがみ》でもついているのかと思うくらいに上手くいっていたじゃないか」

私についているのは目の前にいるこの胡散臭《うさんくさ》い神様だけなのだが。

しかし考え得《う》る中では相当良い結果になったのは確かだ。

「私はもうアンスルさんに頭が上がらないよ」

「あの二人の出会いのきっかけを作ったのは君じゃないか」

そう、ブランは今アンスルさんの研究室にいる。

もちろん人形としての研究対象の意味もあるのだが。

「あの初対面の日にアンスルさんがブランを気に入ってたのはわかってたけど」

ブランの魔法の才能に目を付けていたアンスルさんは、今回の件を受けて自分がブランの監《かん》視《し》役と面倒《めんどう》を引き受けると申し出た。

彼は現役《げんえき》時代も含め、現在に至るまでオセルへの貢献度《こうけんど》が高く、王室から多大な信頼《しんらい》を受けている方だ。

だからこそイルもいまだに頭が上がらないし、発言力も高い。

その彼が預かるのだから問題ないだろう、と判断されたようだ。

おかげで私はアンスルさんの研究室へ行った際に、思ったよりもずっと早くブランと再会を果たす事が出来た。

もちろんブランは監視付きで魔法も封《ふう》じられた状態ではあったけれど。

ブランは私が見慣れた銀髪《ぎんぱつ》の姿に戻っていた。

どちらでもいいとも思ったらしいのだが、オセルで長く過ごしたこちらの姿の方を選んだそうだ。

研究員からも特に差別や嫌悪《けんお》を向けられる事も無く、拍子抜《ひょうしぬ》けするくらいだと言っていた。

ブランが全面的な協力をしている上に、魔法の研究にも意欲的だからだろう。

『ハガルの研究者の百倍くらいアンスル殿《どの》は厳しいけどね』

そう言っていたブランは少し遠い目をしていたが、なんだか楽しそうだった。

そしてそれ以上に楽しそうだったのが、鍛《きた》えがいのある弟子《でし》が出来たと喜ぶアンスルさんだ。

どうもヨウタさんを鍛えるティーツさんを羨《うらや》ましく思っていたらしい。

店で会った時にブランには目を付けていたようで、そこで何となくブランはハガル関係者ではないかと当たりも付けていたのだというのだから、もうすごいとしか言いようがない。

どうしたものかと悩《なや》みつつも、私と話すブランの態度を見て問題ないと判断。

一応イルには警戒《けいかい》するように告げ数名の重鎮に報告はしていたものの、ブランがオセルに対して害にならないであろう事は想定していたらしい。

どうやって生きたらあの観察眼や知識を得られるんだろう？

私があの年齢《ねんれい》になっても、あの能力は絶対に持っていないだろうと断言出来る。

生き生きとブランに勉強を叩《たた》き込む様子を見つつ、まさかブランと同じ師を持つ事になるとは思わなかったなと苦笑《くしょう》した。

おかげさまで研究室に行けばブランと会えるので、ありがたくはあるけれど。

いつかまた二人で遊びに行くというブランとの約束は、遠くない未来できっと果たされるはずだ。

ブランは結界を壊《こわ》した時に犠牲《ぎせい》が出なくてよかったと心底安堵《あんど》していたし、償《つぐな》いは一生かけてオセルの為に働く事で果たす、と王様に誓《ちか》っている。

ヨウタさんとも少し前に話したらしい。

『何も思わないわけではないです。でもあなたがいたから今の俺は大魔法を使えて、自分の行くべき道を探す事が出来ている。だから俺への償いはいりません。オセルの為に頑張《がんば》ってください。お互《たが》いに頑張りましょう！』

と、そんな事を言われたらしい。

自分を騙《だま》した相手にまでそれとは、彼も相変わらずヒーロー気質のようだ。

マイナスの感情を一切《いっさい》感じさせない彼の姿が簡単に想像出来る。

「しかし、君と関《かか》わった人間が動いてくれたおかげで、あの世界で一番の問題だったハガルの件が綺麗《きれい》に片付くとはな」

「そこは私も驚《おどろ》いてるよ」

神様にしては珍《めずら》しく、今回の件は本当に驚いたようだ。

ふふふ、と笑い続ける神様は上機嫌《じょうきげん》に見える。

適当にも見えるこの神様はハガルには救世主は送らない、という事だけはしっかりと守っていたようだし、それだけあの国の存在は大きかったのだろうか。

ハガルは、今回の件で壊滅《かいめつ》的な被害《ひがい》を受けた。

トップに君臨していた王は重傷で、その隙《すき》をついてオセルを中心とした同盟国で一気に追い込む形になったそうだ。

イルもその任務に数日間出ていたので、帰って来るまでの間は気が気じゃなかった。

ようやく回復してきた魔力をすべて注ぎ込んで結界玉や回復薬、戦いに役立つであろう道具を作ってお城に渡《わた》した為、私の魔力は再度枯渇《こかつ》して寝込《ねこ》む期間が延びてしまったのだが。

……その件でアンスルさんに笑顔《えがお》で詰《つ》め寄られた時は、王様に謁見《えっけん》した時よりも怖《こわ》かった。

安静にしているという約束を破ったのでイルも庇《かば》ってくれなかったし、自業自得《じごうじとく》ではあるけれど。

ただ、ああいう理由で怒《おこ》られるのは幸せな事なんだと実感出来た気がする。

結局のところ、ブランの起こした魔力暴走の威力《いりょく》が高すぎて危険な事はほとんど無かったそうだ。

人形はちょうどオセルに攻め込む準備で城に集合していたらしく、一般人《いっぱん》への被害はほぼないままハガルという国はブラン以外の人形ごと無くなった。

ブランはそれをわかっていて、あのタイミングを狙《ねら》ったらしい。

色々と面倒な決め事などもあっただろうが、最終的にハガルは周辺国に吸収されるような形で世界から姿を消した。

もちろん元の世界とは色々違《ちが》うのだろうが、一つの国の終わりはこんなにもあっけないのかと拍子抜けした気分だ。

そしてハガルの件に関しては、ヨウタさんが相当動き回ったらしい。

元々救世主の代表みたいになっていた彼は、今はハガルの元国民の生活向上のために動いている。

ハガルという国は資源に恵《めぐ》まれすぎるほど恵まれており強く大きな国だった。

それでも多くの国から警戒されていたのは、彼らの世界統一という野望もそうだが国民の扱《あつか》いが酷《ひど》いからだ。

奴隷《どれい》やら人体実験やらの嫌《いや》な単語で溢《あふ》れたあの国で、下位扱いされていた国民の生活は思わず目を背《そむ》けたくなるようなものだった。

潤沢《じゅんたく》な資源があるにもかかわらず、痩《や》せ細りその日の生活も難しい人々が大勢いる。

ブランの言っていた通り、人形達を作る為《ため》に当たり前のように国民の命を使っていたくらいだ。

それこそ今回の騒動《そうどう》で国が無くなった事で彼らへの支援《しえん》が可能になったから、とブランに情状酌量《しゃくりょう》の余地があると判断されたくらいには酷い国だった。

ハガル国民の生活を整え、病院などの施設《しせつ》も増やしていかなければならない。

課題は山積みだがやると決めたヨウタさんが声を上げ、他《ほか》の救世主達もそれに賛同した。

みんなの正義感の強さと行動力は私には決して真似《まね》出来ないだろうと痛感させられる。

オセルからも人員と物資を出すという事で私の魔法《まほう》も使えるだけ使ってほしいとは伝えたが、

結局私は今回も自分の好きな事を押し通しただけだ。

結果的には上手《うま》くいったが、一つでも何かが違えばすべて失っていてもおかしくはなかった。

小さくため息を吐《つ》いた私を見て、神様が笑う。

「不思議なものだな。君はただあの店にいただけだ。あの店で君は好きな事を続け、やりたい事だけをやっていた。そしてそれに周囲の人間が感化され……結果として君があの店で好きに生きた事で世界は平和になった」

「それは大げさじゃない？」

「そうか？　君が自分や騎士《きし》団長の為にと作り効力を高めていった回復薬や結界玉は、今回の件をきっかけに世界に広がり始めた。これからは更《さら》に多くの人間の助けとなるだろう。新たな魔法もそうだ、君が自身で努力して作り出した魔法はこれからあの世界に浸透《しんとう》し、多くの人間の助けになる」

頬杖《ほおづえ》をついて、片手で私に向かって指をさす神様。

何となく視線が外せなくて、面白《おもしろ》そうに細められた瞳《ひとみ》を見返した。

「君が自分が心穏《おだ》やかに本を読み料理を楽しみたいと作り出したあのブックカフェは、騎士団長の支えとなった。君の生き方を見た若き救世主は別の道を見つけ、そして君が友と呼んだ人形は人間へと変化し、新たな師とも結びつけたな……君は少なくとも、あの男を愛しオセルを好きになるまでは何も動かなかった。そしてオセルを好きになった後も、自分がやりたくない事や出来ないと判断した事は決してやっていない。自分の好きな事を傲慢《ごうまん》なまでにやり通しただけだ。しかしその結果、君はあの場で好きに生きていただけで世界を救ってしまった」

「いや、だからさすがに大げさでしょう。何となく上手くいっただけだよ。動いたのは私以外の人達だもの」

「君はいつでも何を守るか何を捨てるかを考えながら動いている。ブランやヨウタはその影響《えいきょう》を受けたんだろうな。誰《だれ》かに何か言われるよりも誰かの生き方を見た方が自分を見つめ直すきっかけになる事もある。それに私にとって君の一番の功績はまったく別の事だ」

「……別の事？」

「以前言っただろう？　私にとっての救世主とは存在するだけで周辺の環境《かんきょう》を安定させ豊かに

し、世界のバランスを整える存在だ、と」

「う、うん」

「まだヨウタがオセルにいた頃《ころ》、君は川に花を流しただろう？」

「花？　イルと一緒《いっしょ》に川に流した花の事？」

「ああ。君がオセルを自国だと強く認識《にんしき》した状態で、あの国の平和を心から願って流した花だ。救世主の魔力、つまり周囲を豊かにする力が込められた花はオセルの地の魔力と混ざりあい、あの国の周囲にしっかりと定着した。ある意味、結界の大魔法よりも強大な力がオセルを豊かにしていく事になる」

「え……？」

「当然だろう、存在するだけで周囲を豊かにするほどの力だぞ。その力がオセルを心から想《おも》った状態であの地に込められたんだ。少なくともこれから数十年、オセルは豊かな国であり続けるだろう。よほどの事がない限り外敵は君の大魔法がはじく。ハガルという一番の問題が無くなった以上、後ろ盾《だて》の無くなった魔物程度ではあの結界は破れない。そして君の願いの籠《こも》った魔力があの地を豊かにし続ける。どうせ君はあの催《もよお》しに毎年参加するつもりなんだろう？」

「確かにイルと毎年一緒に行こうとは約束してるけど」

「つまりだ、毎年その力はオセルにしっかりと根付いていく事になる」

神様がじっと私の方を見ている。

私は何も考えず行っていた事がそこまで影響を及《およ》ぼしているのに、戸惑《とまど》いしか感じない。

ただ、オセルの為になれた事は素直《すなお》に嬉《うれ》しかった。

「良い意味でも悪い意味でも、あの世界の救世主の中で君は一番現実を見ている。おそらく他の救世主達ではあそこまで魔力を地に根付かせる事は出来ないだろう。ヨウタはもしかしたらその内出来るかもしれんが、他の救世主達にとってはまだまだあの世界は『異世界』でしかない。オセルで生きていく覚悟《かくご》を決め、そこを自分の世界だと決め……そうしてしっかりと地に足をつけた君だからこそ、あそこまで魔力が地に馴染《なじ》んだんだ。私に願ったペンダントも最近はせいぜい手に入りにくい本を出す時くらいしか使っていないだろう。あの世界の物を買って、あの世界で稼《かせ》いだ金銭で生きていくという選択《せんたく》を君はしたんだ」

ありがとう、と笑った神様に面食《めんく》らう。

「きっと君はあの世界の人間にとっては面倒《めんどう》な類《たぐい》の救世主だ。だが私にとっては一番希望を叶《かな》えてくれた救世主でもある」

「私は好きに生きているだけだよ」

「それで良いさ、君はそのままでいい。それと、もうオセルに救世主が行く事はないだろう」

「え？」

「……救世主がいる事で世界のバランスは整う。裏を返せば、あの世界は救世主がいなければ成り立たない。オセル周辺はこれ以上の救世主がいらないほどに環境が整った。君と、そして

ヨウタがいるからな。これ以上オセルに偏《かたよ》らせるわけにはいかない。ハガルとは別の意味で救世主を送れない国になったな」

「救世主がいないと成り立たないから、性格も何も考慮《こうりょ》せずに色々な人を送っていたの？」

「ああ。多少現地の人間が困ろうが、世界ごと滅《ほろ》びへ向かうよりはよほど良いだろう？　だが強すぎる力の偏りは争いを生む。オセルの王がいくら人情に厚い人間であろうとも関係なしに。だから、今の状態と君がこれからもたらすであろう恵みを考えてそう判断した」

「……私の身に何かあったら、ちゃんと別の救世主を送るようにしてね」

「もちろんだ。だが長生きしてくれよ？」

笑顔《えがお》でソーダに口をつけた神様が美味《うま》いと笑う。

同時に視界にノイズが走り、神様の姿や周りの景色が歪《ゆが》みだした。

「あの世界の人間と結ばれ、更に君と世界の縁《えん》は強く結びつけられる。楽しみだな」

「お祝いの品はお店に置いておいてね」

「だから神に祝いの品をねだるなというのに。まったく……」

揺《ゆ》れる視界の中で神様がクッキーを一枚口へと放《ほう》り込んだのが見える。

「飲み物も良いが食べ物も良いな。君の店に行った時に興味本位で口にしたのがきっかけだが、飲食というのは良いものだ。最近は色々な世界の食べ物や飲み物を口にするのが楽しくてな。これも君と出会った事で私に起きた変化の一つだな」

嬉しそうにテーブルの上に視線を走らせる神様は、初めて会った時よりもずっと人間に近い空気を纏《まと》っているように見える。

良い本を見つけた時の私やイルのように、とても楽しそうだった。

「……たまにはお店に遊びに来てよ。監視《かんし》とか様子見とかじゃなくて遊びに。お客様としてちゃんと歓迎《かんげい》するし、新作のメニューもどんどん追加していく予定だから。気軽に食べに来て」

私のその言葉に一瞬《いっしゅん》目を見開いた神様が、おかしそうに、けれど嬉しそうに笑った。

「そうだな、一人であの世界を観察しているよりも楽しそうだ。それに彼らが言うように、ドアの向こうの君に笑って迎《むか》えられるのは悪い気分ではなさそうだしな」

目覚めが近づいているのだろう、視界のブレが酷《ひど》くなる。

嬉しそうに声を弾《はず》ませた神様の姿が徐々《じょじょ》に視界から消えていくのを感じながら、ゆっくりと目を閉じた。

エピローグ　結婚という始まりに

いよいよ訪《おとず》れた結婚《けっこん》式の日。

ハガルの騒動《そうどう》があってから、あっという間に時間は過ぎていってしまった。

バタバタと忙《いそが》しかったせいで直前まではあまり緊張《きんちょう》していなかったのだが、控《ひか》え室でドレスに身を包んでいる今は、心臓が飛び出すのではないかと思うくらいにバクバクと音を立てている。

嬉しさや幸福感はもちろん強い、それこそ泣きたくなるくらいに。

裾《すそ》にあまり広がりの無いドレスは派手ではないが、感嘆《かんたん》のため息がこぼれるほど美しい刺繍《ししゅう》が所々にデザインされている。

裾にボリュームがない分ベールは少し豪華《ごうか》で、何層にもレースが重なっていた。

真っ白の、人生の中でも特別なドレス。

本番の式で着るこれは、イルが選んでくれた一着だ。

この後の披露宴《ひろうえん》やら食事会やらでもドレスを着るので、他《ほか》にも私が選んだドレスが数着あったが、その中からこれを式で着たいと私が選んだ。

いざ本番になると不思議な気分というか、これを身に着けているという事実だけで涙腺《るいせん》が緩《ゆる》む。

どうしよう、幸せだ。

今からこれでは式本番で倒《たお》れてしまうのではないだろうか。

ただでさえ緊張で死にそうなのに。

かすかに震《ふる》える指先を見つめ、唇《くちびる》を噛《か》みしめようとして慌《あわ》てて止めた。

せっかくメイクしてもらった口紅が落ちてしまう。

「……少しは落ち着いたら？」

「いや、これから偉《えら》い人達に囲まれての結婚式だと思うとちょっと無理かも。心臓の音ってどうやって止めたらいいんだっけ？」

「止めてどうするの。冗談《じょうだん》でもやめてくれる？」

控え室に来てくれたブランが苦笑《くしょう》している。

ブランの監視として来ている女性の兵士達も同じように苦笑気味だが、先ほどから色々と私が落ち着けるように飲み物を用意してくれたり声をかけたりしてくれていた。

本当にありがたい。

ブランは今は監視付きであれば外出も許されるくらいにはなっており、最近は団員さんと一緒にブックカフェに来てくれるようにもなった。

ちなみに騎士《きし》団の建物の中では監視もない、なぜなら優秀《ゆうしゅう》な弟子《でし》を得たアンスルさんが張り切りすぎて四六時中ブランに張り付いて指導しているから。

この間は見かねた団員さんに助けられたよ、とブランが笑っていたくらいだ。

そんな訳で、ブランはこの短期間で結婚式に参列しても大丈夫《だいじょうぶ》だという信頼《しんらい》すら得てしまった。

それだけオセルに貢献《こうけん》している証《あかし》なのだが、ブラン自身が思ったよりもずっと早かったらしく、結婚式への参列が可能だと言われた時は驚《おどろ》いたそうだ。

私がブランと仲が良いのも理由の一つらしいが、本当に嬉しい誤算だったよ、と喜んでいた。

私もブランが参列してくれるのは本当に嬉しい。

緊張が止まらない今はなおさらだ。

「三日前に店に行った時には平然としていたじゃない」

「その分が今来た感じがする」

数度深呼吸をして気持ちを落ち着かせる。

これでもブランが雑談を振《ふ》ってくれるおかげでずいぶん緊張がほぐれて来た方だ。

「ちょっと、本当に大丈夫なの？」

「大丈夫、何時間か後にはもうほとんど終わってるから。行っちゃえばなんとかなるのはわかってるし」

どれだけ緊張していようが、時間は止まらず進んでいく。

今日も同じだ、気が付けば夜になってイルと二人で家に帰っているだろう。

「ほら、団長さんの衣装《いしょう》見るのも楽しみなんでしょう？」

「うん」

イルは式ではタキシードではなく騎士団の式典用の制服を着る事になっているが、私は見た事が無いので楽しみで仕方ない。

少し気が紛《まぎ》れたところで「時間です」と呼びに来た係の人の声に肩《かた》が跳《は》ねた。

ブランと一緒《いっしょ》に部屋を出て、別の部屋へ向かうブランとはそこで別れる。

「結婚おめでとう、ドレス、すごく似合ってるよ」

そう言ったブランに被《かぶ》っていたベールを顔の前に下げてもらう。

ベールダウン、なんて呼ばれるそれは、私の生まれた世界では式の初めに母親が下げる演出を入れる人が増えていたそうだ。

ベールで花嫁《はなよめ》の顔を隠《かく》し邪悪《じゃあく》なものから身を守る、なんていう意味もあるのだとか。

母親のいない私は、この世界で唯一《ゆいいつ》の友人であるブランにそれをお願いした。

もちろん式にその演出が組み込まれているわけではないので、私の気分的な問題なのだが。

「ブラン、私の事、守ってくれてありがとう」

「諸悪の根源は私なんだけど。君も本当にお人好《ひとよ》しだよね」

「オセルの人達に感化されたのかも」

「そうかもね……ねえツキナ」

「何？」

「私、食べるのも本を読むのも君と話すのも好きだよ。だからまたお店が開いたら行くからね」

「うん、待ってるね」

最後に笑い合ってからブランと別れ、係の人の案内に従って式場へと向かう。

足元まで真っ白のドレスを踏《ふ》まないように慎重《しんちょう》に歩を進めていく。

自分がこの真っ白なドレスを着る日が来るなんて、イルと出会うまで考えた事もなかった。

途中《とちゅう》でもう感動で泣きそうになっていたイルのお父さん、私にとっても今日から義父になる男性にエスコートしてもらい、大きな扉《とびら》の前に立つ。

バージンロードを一緒に歩いてくれないかとお願いした際にお義父《とう》さんが二つ返事で引き受けてくれ、さらに国の方々も式に問題の無いように調整してくれたのが本当にありがたく、嬉《うれ》しい。

大きな扉がゆっくりと開かれていき、隙間《すきま》から音楽が聞こえ始めた瞬間、ふっと緊張が消えた。

肩から力が抜《ぬ》けたのがわかって、まっすぐ前を見つめる。

バージンロードの先で、騎士団の正装に身を包んだイルが柔《やわ》らかく笑っているのが見えた。

豪勢な式典服はたくさんの飾《かざ》りがついており、普段《ふだん》の制服とはまったく違《ちが》う。

真っ白で美しい装飾《そうしょく》のスーツのような服、オセルの紋章《もんしょう》の入った豪華な青いマント。

後ろで一つに縛《しば》ってオールバックにした髪型《かみがた》も珍《めずら》しくて、普段の印象とは全然違って見える。

それがとても新鮮《しんせん》で、すごく素敵《すてき》に見えて、先ほどとは別の意味で胸が高鳴り始めた。

この人の妻になる、理解していた筈《はず》の事が今しっかりと形になって胸の中にすとんと落ちる。

ベオークさんを始め、見慣れた騎士団の人達が大きな拍手《はくしゅ》で迎《むか》えてくれる。

ブランもすでに会場におり、私の緊張がほぐれた事に気が付いたのかふわりと笑ってくれた。

その横には先ほどの義父よりもずっと大粒《おおつぶ》の涙《なみだ》を流しているアンスルさんがいる。

横に立つティーツさんがそれを若干《じゃっかん》引きつった顔で見ているのに気が付いて、ベールの下で少し笑ってしまった。

その横には以前と変わらない太陽のような笑顔《えがお》のヨウタさんの姿も見えて、私を見てさらに大きく笑いかけてくれる。

新しく母になる人は少し涙を滲《にじ》ませて私を見ていた。

……まだ本格的に式も始まっていないのに王様や王妃《おうひ》様が一番号泣《ごうきゅう》しているのだが、あれは大丈夫なんだろうか？

同盟国の王族らしき方が苦笑しながら宥《なだ》めているようだが、イルの結婚を相当気にしていた方々だから無理もないのかもしれない。

横にいるベルカ様も少し涙ぐみながら私に笑みを向けてくれた。

お店の常連さん達も大勢いて、それぞれ笑顔だったり涙ぐんでいたりと様々だ。

本当に素敵な縁《えん》がたくさん結ばれたと思う。

大勢の笑顔に囲まれて湧《わ》き上がるこの幸福感を、私はきっと一生忘れないだろう。

ゆっくりゆっくり、義父に腕《うで》を引かれながらイルのもとへ進んでいく。

一歩一歩が重い気がして、それでもしっかりと踏みしめて先へと歩き続ける。

面倒《めんどう》事を嫌《きら》う私、神様の言う通り好きな事を続けていた私が自ら進んで背負う面倒事は、きっとイルに関《かか》わる事だけだ。

彼が結婚《けっこん》相手でなければ、こんなにもたくさんのものを一緒に背負いたいだなんて絶対に思わない。

たどり着いたその先で差し伸《の》べられた手にそっと自身の手を重ねた。

もう緊張《きんちょう》は一切《いっさい》感じていない。

「……ねえ。私、結婚するよ」

光の差し込む美しいステンドグラスを見ながら、この世界にはいない両親と祖父母に向かって呟《つぶや》く。

私がこの世界に来た時点で向こうの世界の私の痕跡《こんせき》は無くなってしまったけれど、もう生きる世界も違うけれど……届いただろうか。

式は滞《とどこお》りなく進んでいく、誓《ちか》いの言葉も元の世界と変わらない。

愛を誓いますかの問いに「はい」と答え、たった二文字の重みを噛《か》みしめる。

同じように問われたイルの、同じ二文字の答え。

はい、という彼の声がしばらく頭に残る。

ゆっくりと上げられたベールの向こう、今までベール越《ご》しでぼやけていたイルの顔がはっきりと見えて、ゆっくりと笑い合った。

柔らかく触《ふ》れあった唇《くちびる》とか、重なった手の温《ぬく》もりとか、幸せそうなイルの笑顔とか。

幸福感がぶわりと胸の中に広がって、泣きそうになる。

永遠の誓いがこれほど嬉しいものだとは思わなかった。

どんな事があってもいい、この人がいい、一緒にいたい。

先ほどまで義父にエスコートされて歩いた道を、今度はイルと腕を組んで一緒に歩く。

大きな噴水《ふんすい》の見える中庭に足を踏み入れたところで、頭上にたくさんの花が降り注いだ。

……フラワーシャワーって、こんなに綺麗《きれい》なんだ。

空に舞《ま》い上がる色とりどりの花はあの日見たオーロラに少し似ている気がして、さらに幸福感が増していく。

隣《となり》に立つイルと視線を交《か》わしてまた笑い合う。

今日、私はこの人と、私の生きるこの世界で夫婦《ふうふ》になった。


胸の中に幸せを詰《つ》め込んだまま開けた、もう見慣れた自宅の扉。

今日は結婚式だからと馬着や装飾で着飾《きかざ》られていたアトラは相当疲《つか》れたのか、すぐに小屋へと入って行ってしまった。

日中の喧騒《けんそう》が嘘《うそ》のように、静まり返ったこのブックカフェはいつも通り穏《おだ》やかで、ゆったりとした時間を感じさせてくれる。

無言のままイルと二人でソファに腰掛《こしか》けた。

はあ、とため息を最初に吐《つ》いたのはどちらだっただろうか。

お互《たが》いに視線を交わし合って、何となく照れくさくて笑ってしまう。

寄り掛かり合って、ぽつりぽつりと会話を続ける。

「疲れたか？」

「少し、でも不思議と全然眠《ねむ》くない」

「俺もだ」

「イルの正装、本当に素敵だったよ。似合ってた」

「君のドレスもとても似合っていて、綺麗だったよ」

暖炉《だんろ》の火がパチパチと音を立てるのを聞きながら、クスクスと笑い合う。

もう私はイルの婚約者ではなく、妻という立場だ。

自分が既婚者《きこん》になったのだと思うと、なんだか不思議な気分だった。

「アンスルさん、ずっと泣いてたね」

「自分の研究室出身で結婚式をした人は君が初めてらしい。今いるのは結婚後に入ってきた方々だからな。娘《むすめ》や孫を送り出す心境だったそうだ。なかなか泣き止《や》まないからティーツ殿《どの》が世話に追われていたが」

「……入場の時のエスコート、アンスルさんに頼《たの》んだ方が良かったかな」

「それだと父が泣く事になるな」

「あはは。イルの実家に泊《と》まりに行くのも楽しみだなあ」

しばらくしたら何日か帰っておいでと言われているし、イルが休みの間に何泊《はく》かしたいところだ。

帰っておいで、の言葉がまた幸せを増やしてくれる。

「……あそこはもう君にとっても家だ。泊まりでなくても俺がいなくても、好きな時に帰ればいいさ」

「うん」

帰る場所がたくさんある、迎えてくれる人も大勢いる。

元の世界での一人の生活で感じていた幸せとはまた違った幸せだ。

「ヨウタ殿ももう少ししたらオセルに帰ってくるし、にぎやかになりそうだな」

「戻《もど》ってきても定期的に世界を回るつもりだって言ってたよ。まだまだ色々な国で勉強を続けたいんだって」

「彼の努力家ぶりには頭が下がる、俺もうかうかしていられんな」

式の後の食事会ではたくさんの人と話す時間を持つ事が出来たので、色々な人の現状を知る事が出来たように思う。

ヨウタさんもその一人で、近い内に同盟国での勉強を終えてこっちに戻ってくるのだとか。

ティーツさんの実家はあちらの国になるので、養子に入ったヨウタさんも時々は帰るらしい。

「ヨウタ殿、結婚の申し込みが絶えないらしいぞ。向こうの王族からの見合い話も凄《すさ》まじいらしい」

「あー、でしょうね」

明るく前向きで、優《やさ》しくて実力もあって努力家で、容姿も整っている。

救世主だという事を抜《ぬ》きにしても相当好かれるだろう。

……自分が彼の初恋《はつこい》の相手だったと知っている身としては、彼が新しい恋をして幸せになってくれる事を願うばかりだ。

ヨウタさんならばきっと彼と同じように、誰《だれ》からも好かれるような笑顔《えがお》が素敵《すてき》な女性を見つけるだろう。

「次はベオークさんとベルカ様の結婚式だね」

「俺達の何倍も大きな式になるぞ。君も俺の妻になったからには参列確定だな」

「……いや、でも今日よりは緊張しないはず」

ベルカ様と結婚するという事は、ベオークさんも王子様という立場になるのか。

なんだろう、見た目は完璧《かんぺき》に王子様という言葉と一致《いっち》するはずなのに、イルとふざけ合っているところやフレンドリーな部分を知っているせいか、王子様という単語とベオークさんが重ならない。

でもベルカ様にとっては……いや、きっとベオークさんにとってもずっと望んできた事だ。

今日貰《もら》った祝福と同じくらい、精一杯《せいいっぱい》祝福しなければ。

「明日《あした》はお休みだよね」

「ああ、数日休みを貰っている。どこか行きたい所でもあるか？」

「さすがに明日はゆっくりしたいなあ」

「そうだな、新婚旅行は別の日程で組んであるし、家でゆっくりしながら行きたい所があれば行くくらいにしておくか」

「うん、そうしよう」

新婚旅行か、その言葉自体少し照れくさいが旅行は楽しみだ。

同盟国にある美しい景色が有名な場所に行く事になっている。

そこでもまた新しく大切な思い出は増えるだろう。

ふと会話が一度途切《とぎ》れて、部屋に静寂《せいじゃく》が訪《おとず》れた。

窓から差し込む月明かりを見つめる。

私達は肩書《かたがき》以外は昨日と何も変わらない。

そして明日も明後日《あさって》も変わらず、平穏《へいおん》な日々を過ごしていくだろう。

「……ねえイル」

「どうした？」

「これからもよろしくね」

「ああ、こちらこそ」

そうして微笑《ほほえ》み合って眠りについた次の日。

いつも通り起き出した私は、特に今までと変わる事もなく朝食を作る事にした。

まだ起きていないイルの寝顔《ねがお》を見ていると、もう一度眠ろうかな、とも思ってしまうのだが。

昨日の高揚感《こうようかん》が残っているのか、どうにも眠気を感じない。

イルを起こさないように一階に下りてキッチンへと向かうと、カウンターの上に白い箱が置いてあるのを見つけた。

「……私、何か置いたっけ？」

傍《そば》まで寄ると、白い箱には小さな桃色《ももいろ》の花飾りのついたリボンが掛かっている。

少し悩《なや》んで持ち上げて、そこに書かれた文字を見て顔が引きつった。

リボンの下には、達筆な文字で大きく「神」と書かれている。

確かに祝いの品をちょうだいとは言ったが、なぜこんなデザインなのか？

いや、わかりやすいけども。

箱を開けてみると、分厚い本が入っている。

表紙を捲《めく》ってみると、どうやらこの世界のレシピ本のようだった。

「へえ……すごいわかりやすい。品数も多いし」

これは嬉《うれ》しい、パラパラと捲りながらチェックしていくと、途中に挟《はさ》まっていた紙がひらひらと床《ゆか》に落ちた。

拾ってみると、これまた達筆な字で『今度食べに行くからこれをよろしく』と書いてある。

どうやら神様からのリクエストのようだ。

「ちゃっかりしてるなあ。まあいいけど」

後でちゃんと読んで、これ以外にも良い料理があったら作ってみよう。

そう決めて本を一度別のテーブルに置き、今度こそキッチンへと向かう。

何を作ろうか迷って、すぐに決めて作り始める事にした。

しばらくすると起きてきたイルがゆっくりと階段を下りてくるのも、いつも通りだ。

「ツキナ、おはよう」

「おはよう、イル」

ほんの少し照れくさい気がする挨拶《あいさつ》はお互《たが》い様らしく、何となく苦笑《くしょう》したのは同じタイミングだった。

食卓《しょくたく》に向かったイルが、私がテーブルに置いていた茶葉で紅茶を淹《い》れてくれる。

ちょうど出来上がった朝食を持って私も食卓へと着いた。

紅茶とサンドイッチがテーブルに並ぶ。

「……これは」

「うん、イルが初めてお店に来た日に頼んだメニュー」

あの日、食欲が無かった彼が読書のお供に選んだサンドイッチと紅茶。

これを思いついてしまえば迷う事はなかった。

初めてのお客様だったからか、それともイルだったからかはわからないけれど、あの日の事は鮮明《せんめい》に思い出せる。

扉《とびら》を開けて入ってきた初めてのお客様。

真面目《まじめ》そうだけど少し怖《こわ》そうな人だな、なんて思ったのが遥《はる》か昔に思える。

けれどどこか疲《つか》れた顔が私が持っている本を見て一気に輝《かがや》いた時に、怖そうだという印象は消えてしまった。

一人だけのお客様が本のページを捲る音を聞きながら、私も自分の本を捲ったあの日。

私が夢見ていた理想のカフェの始まりの日。

その時に出したサンドイッチは、新しい関係が始まる今日にはちょうどいいメニューだろう。

手に持ったサンドイッチを少し見つめたイルがそれを口に運んで微笑む。

私も同じように口へ運んで、同じように笑った。

お客様から友人に、そして親友になって、恋をして、恋人になった。

婚約者《こんやく》でいた期間は長かったけれど、今はもう夫婦《ふうふ》だ。

とはいえ夫婦になって何かするべきかと悩んでも何も出てこない。

結局いつも通りの時間を過ごすだけだ。

「イル、この間読んでた本の続き、入ったよ」

「本当か。続きが気になって仕方がなかったんだ」

「私も気に入ってたシリーズの続刊が出たから、もう楽しみでさ」

夫婦になっても何も変わらない本の虫二人の会話。

新婚一日目が読書で始まって読書で終わるのも、なんとも私達らしい過ごし方だと思う。

朝食が終わって二人並んで本を読み始める、いつも通りの日常。

そう、何も変わらない。

静かなブックカフェで、私の大好きな場所で二人並んで、会話もそこそこに本を読む。

ページを捲る音だけが響《ひび》く部屋の中、区切りの良いところまで読んで顔を上げた時だった。

ふと横を見て、真剣《しんけん》に本に視線を落とすイルの横顔を見つめる。


あ、幸せだ。


胸の中に湧《わ》き上がった幸福は昨日の結婚式のような大きなものではなかったけれど、まるで全身に染《し》みていくように感じる。

どうしよう、私今、すごく幸せだ。

ふふ、と笑い声が零《こぼ》れてしまい、イルが不思議そうに私の方を見る。

その肩に寄り掛《か》かってさらに笑った。

「……幸せだな、って思って」

「……ああ、俺もだ」

大好きな本と、美味《おい》しい紅茶。

愛する人と並んで大好きな事をする時間。

ほんの些細《ささい》な日常の幸せ、でもこれがきっと私達らしい一番の幸せだ。

また視線を膝《ひざ》の上の本に落とす。

この世界に来る前、そして来てからしばらくの間、一人きりで満喫《まんきつ》していた時間は私にとってなくてはならないものだった。

他者の介入《かいにゅう》は煩《わずら》わしいもの、そういう考えも確かにあったはずなのに。

その幸せな時間は、不思議な事にイルと二人になっても変わる事なく幸せなままだ。

胸躍《おど》る冒険《ぼうけん》もない、戦いもない、大きな波乱や障害だらけの恋《こい》もない。

家族がいて、友達がいて、愛する人が、大切だと思える人達がいるだけ。

ただただ大好きな人と過ごす穏《おだ》やかな日常が此処《ここ》にはある。

この世界で、私はこれからもずっと、大好きな人と一緒《いっしょ》に好きな事をしながら生きていくだろう。

この何もない幸せな日々を、ずっと。

完

特別編　救世主の夢

深い森の奥を目指して馬を走らせる。

車の無いこの世界での移動手段には、もうとっくの昔に慣れてしまった。

ハガルが滅《ほろ》びた大騒動《おおそうどう》から五年が経《た》ち、世界は今この国、オセルを中心に平和な時代を迎《むか》えている。

森の奥に近づき始めた頃《ころ》、目的地が見えて口角が上がったのがわかった。

アンティーク調の煉瓦《れんが》の建物、見るだけでなんだかホッとしてしまう。

もっと早く知りたかったな、なんて思うが、あの時の若い自分が知ったら余計に迷惑《めいわく》をかけていた気がするので、きっとこれで良かったのだろう。

馬から下りてご苦労様と一撫《ひとな》でしてから、建物に併設《へいせつ》された客用の馬小屋へと入れた。

……相変わらず設備の整った馬小屋と運動場だな。

自分の愛馬が楽しそうに歩き始めたのを見て、入り口へと歩を進める。

途中にある別の馬小屋に併設された運動場では、この家の住人の馬が二頭、仲良さそうに寄り添《そ》って毛繕《けづくろ》いをし合っている。

真っ白な馬と、その馬より少し小さい葦毛《あしげ》の馬だ。

持ち主と同じように穏やかに過ごす二頭の馬を見て、自分の馬にもそろそろ伴侶《はんりょ》になる馬を探してやらなければな、なんて思う。

馬小屋から視線をそらして建物の入り口の取っ手に手をかけて軽く押せば、カラン、と音を立てて扉が開いた。

「いらっしゃいませ。お久しぶりです、ヨウタさん」

「こんにちは、ツキナさん。団長もお久しぶりです！」

「ああ、久しぶり。元気そうだな」

これでもかと本棚《ほんだな》が並べられた店内は以前と変わらず落ち着いた雰囲気《ふんいき》で、少し落ち込んでいた心が癒《いや》されたような気分になる。

カウンター内にいた女性、ツキナさんの笑顔《えがお》も、その正面に腰掛《こしか》ける団長の落ち着いた雰囲気も以前と変わらない。

「どうぞ」

促《うなが》されるまま団長の隣《となり》へと腰掛けると、いつも自分が頼《たの》んでいた紅茶が目の前に置かれた。

「あ、ありがとうございます！」

口をつけると、一気に広がる安心感。

ここはいつ来ても穏やかで優《やさ》しい空間だ。

「向こうはどうだった？」

団長の落ち着いた声も、なんだか余裕《よゆう》を与《あた》えてくれる。

「かなり落ち着きました。ようやくツキナさんの回復薬も行き渡《わた》ってきたので、怪我《けが》人の治療《ちりょう》もすごく進んだんです」

「それは嬉《うれ》しいなあ。良かった」

微笑《ほほえ》む彼女は、この世界で唯一《ゆいいつ》救世主だという事を隠《かく》している人だ。

自分は救世主として動いていないという彼女だけれど、普及《ふきゅう》する回復薬や便利な道具、オセル上空に広がる大魔法《だいまほう》の結界などを見ていると、十分すぎるほど世界に貢献《こうけん》していると思ってしまう。

彼女はついこの間、以前自分が発見した新しい呪文《じゅもん》の効果を上げる事に成功したばかりだ。

団長もずっと退治出来ていなかった凶暴《きょうぼう》な大型の魔物の討伐《とうばつ》を成功させ、さらに名前が知れ渡ったばかり。

そんな二人が暮らすこの店は、いつ来ても変わらず穏やかなままで。

そして本人達もどれだけ評判が上がろうとも変わらないままだった。

……だからこそ、ここに来たくなったのかもしれないな。

急に行きたいと日付まで指定した俺に、二人は何も聞かない。

手に持った紅茶のカップを静かに皿の上に戻《もど》す。

「この五年間、ハガルの人達のために出来る事を探してがむしゃらに動いてきたんです。出来る事はたくさんあったから」

ずっと悩《なや》んで、結局答えが見つからずにここへ来た。

団長もツキナさんも、俺にとっては迷った時の指針になるような存在だったから、今感じているこの気持ちにも答えが出るような気がして。

「ああ。君の評判は聞いているよ。ハガルの元国民も君に感謝していると聞いた。君が作った学校も大成功しているじゃないか」

「はい、みんな本当に喜んでくれて嬉しいです。嬉しいんですけど。その……今ちょっと、どうしていいかわからない状態で。少し落ち着きたくてここへ来たんです」

五年前に滅びたハガルは、ようやく復興の兆《きざ》しが見えてきた。

周辺国に吸収されるような形ではあるけれど、劣悪《れつあく》な環境《かんきょう》にいた人々も今は回復して、それぞれ新しい日々を過ごし始めている。

それを目指してずっとやってきた身としては、こんなに嬉しい事は無い。

様子を見に行くたびに向けられる笑顔は俺がずっと、本当に欲しかったものだ。

「今は一区切りついた状態で、しばらくはこのまま見守っていく方向になったんです」

「彼らの生活もずいぶん安定したからな」

「後、何か出来る事は無いかって、ハガルだけじゃなくて他《ほか》の国でも、って色々考えたんですけど。今はちょうど全部の国が安定して平和で……もちろんそれが一番良いし、俺も本当に嬉しいんですよ！」

「ああ、わかっているよ」

俺の勢いが強かったからか、二人に笑顔を向けられる。

この気持ちに偽《いつわ》りはない、みんなが幸せに暮らしている今の状況《じょうきょう》は俺にとって何よりも幸せな事だ。

「ただ、その……」

「やりたい事が見つからない？」

「……はい。良い事なんですけどね」

「救世主が大活躍《だいかつやく》してる時は、大体世界で良くない事が起こってる時だからね」

「平和すぎてやる事が見つからないというのも贅沢《ぜいたく》な話だな」

そうなのだ。

本当にやる事がない、もちろん小さな事はたくさんあるのでそちらも手を抜《ぬ》いたり見ないふりをしたりはしていない。

みんなから貰《もら》える笑顔に大きいも小さいもないのだから。

「大きい事が一段落したから、燃え尽《つ》きちゃった？」

「……そんな感じです。今、みんなのために何が出来るだろう、って思ってて。でも見つからなくて、どうしていいかわからなくて」

「君でもそんな風になるんだな」

「自分でもびっくりしてます」

話しているだけでも落ち着いてくる。

このお店、絶対にマイナスイオンが出てるよな、なんて考える俺を見て団長が笑う。

「来月には一度オセルに戻ってくるんだろう？　ちょうど騎士《きし》団の強化訓練が始まるから、ヨウタ殿《どの》も参加してみるか？」

「いいんですか！　ありがとうございます！」

「俺に一撃《いちげき》入れてくれるんだろう？」

「が、頑張《がんば》ります！」

「あんまり大怪我《おおけが》しないようにね」

楽しそうに笑った団長は、以前よりもずっと腕《うで》を上げている。

何度か挑《いど》ませてもらったが、結局いまだに一撃も入れられないままだ。

頑張ろう、湧《わ》き上がってきたやる気を感じながら、来て良かったと思った時だった。

扉《とびら》が開く音がしてそちらへと視線を向ける。

入ってきたのは銀色の髪《かみ》を揺《ゆ》らす綺麗《きれい》な人だった。

視線が俺の方を見て、瞳《ひとみ》がわずかに細められる。

「ああ、こんにちは」

「こんにちは、ブランさん！」

この人とも色々あったけれど今は同じ国に所属する者同士だ。

もう和解は完了《かんりょう》している。

そしてブランさんの腕には小さな子どもが一人、抱《かか》えられていた。

「ただいまー」

「おかえり、楽しかった？」

「うん！　あ、ヨウタおにいちゃん！　こんにちは」

「こんにちは、ユキナちゃん」

ブランさんが抱えていた子どもはツキナさんと会話した後にゆっくりと下ろされ、団長の方へ駆《か》け寄った。

屈託《くったく》のない笑顔につられて、自分も笑顔になる。

慣れた手つきで抱《だ》き上げる団長と、楽しそうに笑う子ども。

団長の表情が柔《やわ》らかくなり、優しい笑みへと変わった。

「あの時は驚《おどろ》きましたよ。まさかしばらく店に来ない間にお子さんが生まれていたとは思いませんでしたし」

そう、この団長とツキナさんと同じ黒髪《くろかみ》を持つユキナちゃんという女の子は、俺がこの店に来ずにハガルの復興に集中していた間に、いつの間にか誕生していた。

祝いの言葉すら言っていなかった俺はものすごく焦《あせ》った記憶《きおく》がある。

確かに他に手が回らないほど必死になっていた時だったが、それでも教えてほしかった。

団長が変わらず任務に出ていたからといって、察する事すら出来なかった俺も俺だけど。

知っていながら俺には話してくれなかった副団長からは、あの時の君は忙《いそが》しすぎて知らせるのが悪いと思ってしまった、と謝られてしまったが。

言われてみれば確かにあの時、周囲に目を向ける余裕はなかったかもしれない。

元の世界ではテレビ越《ご》しにしか見た事のない貧困、それを現実に目《ま》の当たりにして、どうしても彼らの救いになりたかった時だ。

「ブラン、ありがとう。ごめんね」

「いいよいいよ、一緒《いっしょ》に散歩して、ってご指名を受けたんだから喜んで付き合うさ」

近寄ってきたブランさんは、ツキナさんと話しながらユキナちゃんの頭を撫《な》でている。

……もしかして俺が来るから二人はブランさんに子どもを預けて店にいてくれたんだろうか、なんだか申し訳ない。

しかし俺のそんな気持ちを吹《ふ》き飛ばす勢いで、ユキナちゃんは俺の方に振《ふ》り返って笑った。

「おにいちゃんもいっしょにさんぽいこう！」

「え？」

「こら、今帰ってきたばかりでしょう」

「でもいきたい！」

子どもの体力ってすごいな、なんて思いながらもこうして慕《した》われるのはやっぱり嬉《うれ》しい。

少し元気になってきた事もあって、その誘《さそ》いに乗る事にして立ち上がる。

「一緒に少し歩いてきてもいいですか？」

「え、でも……」

「ちょうど歩きたくなってきたところだったんです」

「なら俺も一緒に行こう」

「パパはだめ！」

「えっ」

「あらら。ママもだめ？」

「だめー」

苦笑《くしよう》するツキナさんとは裏腹に、目に見えてショックを受けている団長をどうしていいかわからない。

衝撃《しようげき》発言をした本人はすでに俺の手を取って歩き出そうとしているし。

「この状態のイルなら簡単に一撃入れられるんじゃない？」

「ツキナッ？」

「あ、はは、遠慮《えんりょ》しておきます」

子どもに続いてとんでもない事を口にするツキナさんに驚く団長と噴《ふ》き出したブランさん。

なんだこの空間、さっきまでの落ち着いた空気はどこへ行ったんだろう。

「この子、最近気分屋なの。いつもはパパにべったりだから気にしないで。それよりもせっかく来てくれたのに、ごめんね」

「いえ、任せて下さい！」

申し訳なさそうに手を振ったツキナさんに見送られて店を出た。

むしろ戻《もど》って来るまでにあの空気を何とかしておいてほしい。

子どもの視点というのは面白《おもしろ》くて、俺が気が付かない事を見つけては楽しそうに解説してくれる。

森の中は気分転換《てんかん》にちょうどいいくらいに快適で、今日はいつもよりも天気が良いからか、さらに気持ちが回復してきた気がする。

話を聞いてもらっただけだが、なんだかずいぶん軽くなった。

「あのね、ヨウタおにいちゃん。わたしのおともだちがあっちにいるの」

「お友達？」

「うん。とくべつにしょうかいしてあげる」

「そっか、楽しみだなあ」

示された場所は店からは少し離《はな》れた所で、木がぽっかりと無くなって広場になっているようだった。

こんな森の奥深くに友達？

ウサギとかだろうか、懐《なつ》かせたのかもしれない。

それにしてもこの子、魔法《まほう》でがっちがちに守られてるな。

結界玉ももちろん持っているようだが、これが無くともその辺の魔物では傷一つ負わせられないだろう結界魔法が何重にもかかっているようだ。

団長とツキナさんはもちろん、ベオークさんやブランさんの魔力も感じるし、なんだったら俺の魔法の先生でもあるアンスルさんの魔力も感じる。

……孫が増えたみたいだって可愛《かわい》がってるもんなあ、先生。

もしかしなくてもオセル城より強力な守りなんじゃないだろうか？

そんな事を考えていた俺は、広場の前に来た瞬間《しゅんかん》に硬直《こうちょく》する事になった。

広場の中央に巨大《きょだい》な狼《おおかみ》型の魔物が眠《ねむ》っている。

嘘《うそ》だろ、気配すら感じなかったのに。

そもそもこの辺りは、ツキナさんの張った敵意のあるものをはじき出す結界の範囲《はんい》内のはず。

咄嗟《とっさ》に腰《こし》の剣《けん》に手を伸《の》ばしたのと、ユキナちゃんが俺の手を離して駆けて行くのは同時だった。

そのまま勢いよく魔物に抱き着いたのを見て、一気に冷や汗《あせ》が噴き出す。

しかし必死に駆けだした俺が見たのは、ユキナちゃんの顔を舐《な》める魔物の姿だった。

「……え」

頭が付いていかない、何が起こっているんだろう。

魔物は一切《いっさい》の敵意を見せず、無邪気《むじゃき》に抱き着く子どもに好き勝手させている。

尻尾《しっぽ》を器用に使って遊んであげているようだ。

その瞳は間違《まちが》いなく優《やさ》しさを含《ふく》んでいて、今まで倒《たお》してきた魔物とはまったく違うものだとわかる。

呆然《ぼうぜん》とする俺に、振り返ったユキナちゃんが笑いかけてくる。

「おにいちゃん、はやくはやく！」

警戒《けいかい》は解かないまま、声に後押しされるように魔物の傍《そば》へと歩み寄る。

魔物は俺に対しても敵意を向けてくる事は無く、そっと触《ふ》れてみても大きくため息を吐《つ》いただけだった。

ハガルと協力関係にあった頃《ころ》、魔物は今よりもずっと人々の脅威《きょうい》だった。

偶然《ぐうぜん》出会ったり国々を行き来する間に襲《おそ》われるだけでなく、ハガルの手で送り込まれた魔物が町中で暴れる事も多かったからだ。

けれどそのハガルは無くなり、オセルから出た結界の新たな魔法――ツキナさんが作り出したあの魔法が結界玉の形でだんだん各国にも普及《ふきゅう》してきた事もあって、被害《ひがい》は相当減っている。魔物の王も最近は大人しくなっているが、ハガルの監視《かんし》が無くなった分、監視が集中しているからだろう。

もともとハガルのように世界を統一したいなどとは考えていないようだし。

ただ魔物の本能として人を襲っているだけだ。

もっとも今俺の目の前ではそんな本能なんてまったく無さそうな魔物が子守《こも》りをしているのだが。

「……ユキナちゃん、この子とはずっと仲が良いの？」

「うん！　まえにまいごになったときにたすけてくれたの。それからいっしょにあそんでるんだ！」

「パパとママは知ってるの？」

「いってないよ。おとなにいったら、いっしょにあそべなくなっちゃうもん。でもおにいちゃんはだいじょうぶだよね？」

「え？」

「ママがね、ヨウタおにいちゃんのことひーろーだっていってたの。ひーろーはやさしいまものはたおさないでしょ」

「……うん、そうだね。でもユキナちゃんのパパとママに言っても大丈夫《だいじょうぶ》だと思うよ」

ヒーロー……ツキナさんに、道を示してくれた人にそう言ってもらえるのが嬉しい。

今の自分は幼い頃から夢見ていた事を叶《かな》えているのだと実感出来る。

そんな事を思いながらも、魔物の背に乗ったユキナちゃんから目が離せない。

「おにいちゃん、かなしそうだったからとくべつにあわせてあげようとおもって。わたしがないてるとね、このこがなぐさめてくれるんだよ」

「そっか、優しい子だね」

「うん！」

自分の体の上で転がるユキナちゃんが落ちないように尻尾で支えている魔物をじっと見つめながら、自分も魔物を撫《な》でてみた。

もふもふの毛に手が沈《しず》み込み、なんだか癒《いや》される。

逃《に》げる事も無く、襲い掛《か》かって来るわけでもない。

魔物に触れている指先から心臓に上がってくるような高揚感《こうようかん》に泣きそうになった。

そっか、これだ。

目の前に一気に光が差してきた気分だった。

俺は、この光景が見たい。

みんなに笑ってほしい、幸せになってほしい……そこに友好的な魔物が入っていてもいいじゃないか。

元の世界にも人間と共存していた猛獣《もうじゅう》はいた。

この世界の魔物は生態系の一部、だったら可能性はある。

俺だって昔ほど楽観的じゃない。

すべての魔物がこの魔物のように人と共存出来るわけじゃないのはわかっている。

でも今、俺の目の前には魔物と子どもが遊んでいる光景がある。

困難な道だって、今までのどんな事よりも慎重《しんちょう》にやらなければならないってわかっている。

でも友好的な魔物がいるのならば、その保護区のような場所があったっていいじゃないか！

世界の平和の中に魔物が入っていたっていいじゃないか！

まずはお店に戻《もど》って、団長達に相談して、先生や家族にも相談しよう。

不思議な気分だ、昔道を示してくれたお二人の子どもが、今また俺に新しい道を示してくれる。

魔物にバイバイと手を振《ふ》るユキナちゃんと一緒《いっしょ》に、来た道を戻る事にする。

あの魔物、試《ため》しに俺も手を振ったら尻尾を振り返してきた。

偶然か、わかってやっているのか……。

どちらにせよ、やる事は一つだ。

来た時とはまた違った気持ちでブックカフェのドアを開ける。

おかえり、と向けられる声に向かって、思いっきり笑った。

「俺、新しい目標見つけました！」

不思議そうな表情が魔物の事を聞いて驚《おどろ》きに染まったのは、そのすぐ後だった。

あとがき

『異世界に救世主として喚ばれましたが、アラサーには無理なので、ひっそりブックカフェ始めました。』三巻をお手に取っていただきありがとうございました。

結婚という節目の部分まで書く事が出来た事、大変嬉《うれ》しく思います。

ツキナとイル、二人にとっての一つの終着点であり、また新しい始まりでもある部分まで書く事が出来ました。

アラサーという自分の世界や価値観が出来上がっている世代、ツキナにも人格を変えるような大きな変化は訪《おとず》れませんでしたが、根本的な部分は変わらないままでの成長は訪れました。

恋人との絆《きずな》を深めながらも夫婦という関係へ少しずつ変化し、尊敬出来る師や気の合う友人を得た事で、自身の人生の選択肢に慎重になりながらも大切だと思った人の為《ため》に動いていく。

けれど最後の最後まで救世主としてはひっそりと過ごせていたかなと思います。

ツキナは若さゆえの勢いや前向きさはなく、自分の考えは変えたくない頑固さがあり、けれど今まで生きてきた中で得た知識や感情を使いながら現実を見て動く事が出来るような主人公でした。

救世主として持ち上げられる事は無いまま、自分にとって一番の幸せを掴《つか》む事が出来たと思います。

自分がやりたいと思った事には躊躇《ちゅうちょ》なく時間を割《さ》いて楽しんでいくツキナの様子を見ていると、書いている私自身も楽しい気分になりました。

ちょっとした小ネタですが、異世界の人名や国名はルーン文字から拝借しております。

それぞれの性格や境遇に合わせて文字を選び名付けております。

メインの二人は月奈《つきな》とソウェイル（太陽）で対になるように名付けました。

ブランはブランクルーンという文字の無い白紙のルーン（運命）から、ツキナと友人になる事で自らの運命を白紙にする、という意味を込めて。

ベオーク（母性、成長）と、婚約者であるベルカは同じルーンの別名から取りました。

一巻からずっと友人としてイルの変化を見守っていた彼には合っていたと思います。

ツキナとイルの物語はこれで一区切りですが、この二人なので夫婦になってからも変わらず好きな事に没頭しながら、穏やかに日々を過ごしていくと思います。

最終巻までお付き合い頂き、本当にありがとうございました。

読者様、そして支えて下さった関係者の方々に心より感謝申し上げます。

和泉杏花

BEANS BUNKO

「異世界に救世主として喚ばれましたが、アラサーには無理なので、
ひっそりブックカフェ始めました。3」の感想をお寄せください。
おたよりのあて先
〒102-8177 東京都千代田区富士見2-13-3
株式会社KADOKAWA 角川ビーンズ文庫編集部気付
「和泉杏花」先生・「桜田霊子」先生
また、編集部へのご意見ご希望は、同じ住所で「ビーンズ文庫編集部」
までお寄せください。

異世界《いせかい》に救世主《きゅうせいしゅ》として喚《よ》ばれましたが、
アラサーには無理《むり》なので、ひっそりブックカフェ始《はじ》めました。3

和泉杏花《いずみきょうか》

角川ビーンズ文庫 22987

令和4年1月1日 初版発行

発行者―――青柳昌行
発 行―――株式会社KADOKAWA
〒102-8177 東京都千代田区富士見2-13-3
電話 0570-002-301（ナビダイヤル）
印刷所―――株式会社暁印刷
製本所―――本間製本株式会社
装幀者―――micro fish

ISBN978-4-04-112147-4C0193 定価はカバーに表示してあります。
◇◇◇

角川ビーンズ小説大賞
原稿募集中!
君の"物語"がここから始まる!
角川ビーンズ小説大賞がパワーアップ!
https://beans.kadokawa.co.jp
詳細は公式サイトでチェック!!!
【一般部門】&【WEB テーマ部門】
賞金 大賞100万円
優秀賞30万円
他副賞
締切 3月31日
発表 9月発表(予定)
イラスト/紫 真依